# Il quaderno di Nerina

Jhumpa Lahiri

# 思い出すこと

ジュンパ・ラヒリ

中嶋浩郎 訳

CREST BOOKS
Shinchosha

# 思い出すこと　目次

## 語義



## 忘却

## 世代



## 遍歴

考察

# 思い出すこと

IL QUADERNO DI NERINA

by

Jhumpa Lahiri



First Japanese edition published in 2023 by Shinchosha Publishing Co., Ltd.

Japanese translation rights arranged with

William Morris Endeavor Entertainment, New York

through Tuttle-Mori Agency, Inc., Tokyo.

Cover Painting : Still Life with Pomegranates, Sea Shells and a Beetle,

painted by Giovanna Garzoni

Design by Shinchosha Book Design Division

# はじめに

七年ほど前、わたしはローマの家に引っ越した。ときどきではあるが、いまもそこで過ごしている。アパートは家具付きで、入居するとすぐ、居間にあった古い書き物机を書斎として使うことにした部屋——もともとは食堂だった——に移し、窓辺に置いた。

それは高さのあるりっぱな家具で、広い天板には長方形の大きな革が張ってあり、木の枠で縁取られている。この黒い革張りは、周りを囲む不調和な金箔のステンシルのせいで、抽象画のように見える。年月とともに木は色褪せ、使いこまれた革は擦りむけてあばたになっている。

天板の下にはニス塗りの木の引き出しが三つある。一つは幅が広く、両側の二つはそれより狭い。取手はなく、鉄の飾りプレートに錠がはめ込まれているだけだった。いまでは時代遅れになってしまった当時の細工の名残だ。残念なことに、中央の引き出しのプレートはいつの間にか剝がれてしまい、ぶざまに開いたみっともない丸い穴だけが見える。錠はそこに逆さまにはめ込まれていて、両側のものより少し遠慮がちに顔をのぞかせている。

むき出しで不格好な真ん中の錠に差してある鍵で三つの引き出しはどれも開けられる。どの引き出しも内側には百合模様の緑色のフィレンツェ紙が張ってある。机を自分のものにしようとして、つまり持ち物を入れようとして引き出しを開けたとき、その閉じられた美しい空間の奥の方にまだ何かが入っているのを見つけた。[*1]

透明な袋に入った切手（フィリッポ・トンマーゾ・マリネッティ[*2]がデザインした切手には消印があり、封筒から切り取られていた）、緑色の鍵が一つ、一九六二年出版のギリシア／イタリア語小辞典、ブローチ、鉛筆削り、プラスティックのビーズがぎっしり詰まったマッチ箱、レース編み用のかぎ針、ボタンが二つ、貝殻が一枚、リラとユーロの換算表、住所録の《A》のページ（白紙）、医者が手書きした痩せるための詳しい食事療法、送られなかったいろいろな絵葉書、二人の兄妹が両親に贈った愛情のこもった数枚のカード、いくつかの祈りの言葉、それからヴィート・ドメニコ・パルンボ[*3]が英語から訳したポーの『大鴉』についての覚え書きで埋め尽くされたメモ帳。

なかには、楽しそうな二枚の写真もあった。一枚には食卓――書き物机とほぼ同じ大きさの――を囲んで乾杯をする八人の人物が写っていた。もう一枚は、笑顔で窓辺に立つ三人の女性の写真だった。三人とも、後ろの窓辺に備えつけられたラジエーター[*4]に軽く寄りかかっていた。レンズの方を見ていない最初の女性は、腕時計をして濃い色の花柄の服とマザーオブパールのネックレスを身につけていた。薄い色の服を着た真ん中の女性が、弱々しい手を最初の女性の腕にもたせかけていた。その顔には陽が当たっていて、表情だけでなく、どこを見ているのかすらよくわからなかった。三人目の女性は頭にバンダナを巻き、手にサングラスを持っていた。彼女もレンズではなく別の方を見ていた。三人はぴったりと体を寄せ合っていて、視線はそれぞれ違った方向を向いていたとはいえ、わたしは彼女たちが愛情の絆と強い連帯感で結ばれているのを感じた。窓の外には数本の松などの木々が見えた。三人の女性はみんなくつろいでいて、夏のよく晴れた日曜日にどこか涼しい場所で撮影された、友だちまたは従姉妹か姉妹同士の写真のように思われた。

さらに、机の引き出しの中には、あるものがきちんと積み重ねられていた。それは色も種類も違う数冊のノートで、なかには表紙に《ネリーナ》*5という名前がボールペンで手書きされたフクシャピンクのノートがあった。《ネリーナのノート》には未発表の詩がたくさん書かれていて、同じ人物の筆跡のようだった。詩の一人称話者には、既婚女性、母親、娘という三つの人格があるように思えた。ネリーナが作者の名前なのか、詩を捧げた相手なのか、ミューズなのか、それとも単なる詩集の題名なのかはわからなかった。いずれにしても、写真の真ん中で二人の女性に挟まれて、太陽で表情がほとんどかき消されている女性がその人なのではないかと感じた。

同じ二〇一二年、ローマ国立図書館のエルサ・モランテ関係の資料のなかに、まったく同じ題名の自筆のノートがあることを知り、わたしの好奇心はますます高まった。ローマ出身のこの偉大な作家は『ネリーナ』というタイトルの小説を書こうとしていたらしい。その計画は一九五〇年に始まったが、数か月後に放棄された。[*6] 写真の謎の女性が、ローマのわが家のすぐ近くで育った『嘘と魔法』や『アルトゥーロの島』の作者から影響を受けたということはあり得ないだろうか？ エルサ・モランテのその自筆のノートは、机の引き出しにしまってあったもう一つのノートと何か関係があるのだろうか？ タイトルの一致をどう説明すればいいのだろう？

わが家で見つけたノートの中身を何度も読んだあと、この計画はテキストだけを評価すべきで、とても魅力的ではあるけれども、エルサ・モランテとのつながりを追求するのは間違いだという結論に達した。そこで、わたしはこのノートを親しい知人であり、学者としてイタリアの詩を研究しているヴェルネ・マッジョに預け、わたしの監督のもと、作品の評論をしてもらうことにした。ヴェルネの所見の一部はこのあと紹介する。また詩についての彼女の注釈は巻末にまとめて掲載した。

ジュンパ・ラヒリ、ローマ、二〇一九年八月十三日

＊1　家の所有者に返却する前、わたしは急いでその品物のリストを作った。引き出しから全部取り出してソファーの上に並べ、写真を撮った。なぜかわからないが、記憶しておきたかったのだ。

＊2　フィリッポ・トンマーゾ・マリネッティ（一八七六―一九四四）エジプトのアレキサンドリアで生まれ、ベッラージョで亡くなった。未来主義運動の創始者で、初期の詩はフランス語で書いた。

＊3　ヴィート・ドメニコ・パルンボ（一八五四―一九一八）詩人、独学の多角的な学者。グレチア・サレンティーナ地方の言語・文化遺産の記録、研究に人生の多くを捧げた。カリメーラで生まれ、その地で亡くなった。

＊4　古い暖房装置 radiatore〔ラディアトーレ〕は、英語の radiator〔ラジエーター〕を模した語ではない。

＊5　ネリーナには名字がない。その名前はギリシア語のネレイネから来たラテン語のネレイナに由来する。つまりギリシア神話の海のニンフ、ネレイスである。シチリアでは、ネリーナはヴェネリーナという名の縮小辞で、言い伝えによると《黒い》を表す形容詞《ネーロ》に結びついている。一五七三年にタッソは『アミンタ』の登場人物にこの名を与え、レオパルディは一八二九年の『想い出』で、ともに早世したテレーザ・ファットリーニまたはマリア・ベラルディネッリから霊感を得た人物の名として詩に歌った。レオパルディについては注（14）を参照。数多くの作品で女性の生活と社会的地位に取り組んだ作家アンナ・マリア・ズッカリ（一八四六―一九一八）の筆名ネエラにも触れておく必要があるだろう。

＊6　エルサ・モランテは一九五二年になってからも、「ウニタ」紙のコラムで『ネリーナ』という名の小説を書きたいと述べている。その主人公になるはずだったアンドレウッチョとジュディッタは、一九五三年に「ボッテーゲ・オスクーレ」誌で発表された中篇『アンダルシアの肩かけ』に組み入れられた。

# 伝記のための仮説

印象では、ネリーナは二〇世紀から二一世紀にかけて生きた女性作家で、ローマで暮らしていたのはまちがいないが、母語はイタリア語ではなく、詩にはイタリア語しか話さない人には想像できない語彙の誤りが随所に見られる。この詩集の本文から明らかなのは、ネリーナがコルカタへ旅行したことがあることで、おそらく子ども時代に長期間その地で過ごしていたようだ。大人になってからはギリシア、サルデーニャ、それに死海付近の砂漠を訪れ、ナポリ、ヴェネツィア、ボローニャ、シエナなど、イタリアの多くの町を歩きまわっている。人生の一時期をアメリカ合衆国で過ごし、ボストンとブルックリンに滞在。本文中に出てくる地名から、ローマの第十三地区であるトラステーヴェレに定住していたと思われる。少なくとも姉妹が一人いて、おそらく写真に写っている女性のうちの誰かだろう。イタリア語と、生まれ育った家庭で使い慣れた言語以外に、もう一つ外国語を話す。何語だろう？　ペルシア語？　ポルトガル語？　ベンガル語？

確言するのは難しい。

　ネリーナの母も詩をつくっていた一方、祖父と叔父は画家だったと思わせる記述がある。ネリーナも、自分を外国人と認識しているのはもちろんだが、主婦であると同時に作家であると自認していることが多い。その詩からは海との深いつながりが浮かび上がるだけでなく、バール、とりわけバール・グロリオーゾ[*1]を好んだ女性だったことも窺える。詩集のあちこちに記されている思い出話によれば、詩人としての形成には、古典研究やイェーツ、ダンテ、アリオストの読書会への参加などが役立っている。語彙の選択は直感的で、イタリア語と英語以外に少なくとも一つの外国語を学習しているらしく、言語学を学んだのもほぼ確実である。ポルトガル人の詩人アルベルト・デ・ラセルダとともに学んだことがあるのは明らかで、一つの詩ではっきりと言及されている。彼女とこのポルトガル詩人の経歴には交差するところがあるが、二人がつながりを持ったのがボストンなのか、ロンドンなのか、確定するのはほとんど不可能である。ネリーナの詩に現れる建築物には、彼女のいろいろな住居のほか、いくつかの空港と病院がある。恒例の行事としてしばしば登場するパーティー、少人数の集まり、誕生会が不安の前兆として描かれるのも珍しくない。ここは彼女の詩を精神分析学的に解釈する場ではないが、注釈者としては、夢や予感の意味についての不安が繰り返し記されていることを強調しないわけにはいかない。

　ネリーナの夫も名前はアルベルトで、二人の間にはオクタヴィオとノオルという二人の子どもがいるらしい。二人とも一時期はイタリアで育っているはずだが、どちらの名前もイタリア風ではない。息子の名のルーツはローマ皇帝の名にあるが、おそらくオクタビオ・パスにちなんだものだろう。

一方、ノオルは作者自身の名であるネリーナのヴァリエーションと思われるが、元はペルシア語で「光」を意味する普通名詞である。

＊1　ローマのグロリオーゾ大通りにあるカフェ。ダンドロ通りに通じるトラステーヴェレの大階段近くにある。作者はローマの状況にしばしば驚いていることが詩に記されているが、明らかにこの地区には親しみを感じている。

# 本文についての断り書き

ノートはピーニャ社のモノクローム・シリーズ《メイド・イン・イタリー》の方眼罫で、大きさは15×20・3センチ、80ページである。最初のページの裏には、「転変、言語、つかのま」[*1]という三つの言葉が書いてある。それはおそらくタイトルの案だろう。詩の多くは青か黒のインクで手書きされていて、たいてい星印で分けられている。青いインクは万年筆のものらしい。青インクで下書きをしてから読み直し、黒で修正したものもあれば、その逆もある。だから、どの順番で添削が行われたかを二種類の違うインクの使い方から確定することは不可能である。だが、同一人物の手によるのはまちがいない。どの詩にも自筆による数多くの削除や訂正が見られる。余白に書き足していることもあるが、それはほとんどいつもページの左側の一番下から最上部までにわたっている。矢印がいくつもあり、詩句やタイトルの一部は四角い枠で囲まれ、つまり手書きで強調されている。作者のテキストの詳細な調査によれば、これらの印を解釈することで、本編に収められたこのヴァージョンが唯一の、変更できないものであることが決定づけられる。詩に添えられた自筆の日付は、制作の順序を確定するために有効なデータを与えてくれるものではあるが、一貫性に欠けているように見える。いくつかの詩では日付は最初に記されているが、まったく記載がないものもある。いずれにしても、最初の日付は十一月二十二日で、最後は三月二日となっている。ノートの詩はすべて一年、もしかするとそれより短い期間に書かれていて、内省的な日記のような経路をたどる緻密な作品となっている。一月十日の詩の前のページには、テーヴェレ川に浮かぶ救命ゴムボートに乗った三人の消防士の写真が掲載された、新聞の切り抜きが貼ってある。詩集を締めくくる作品は鉛筆書きで、裏表紙の内側にある。ノートの最後のページにはもう一つのリストがあり、セレーニ、カプローニ、フォルティーニ、ジューディチ、ザンゾット、ダリオ・ヴィッラ、ロッセッリ、パヴェーゼ、バッサーニという名前が記されている。[*2]

読者に明らかにしておかなければならないのは、私が自筆原稿を整理した結果、本書はこのような構成になったということである。ノートに記された詩の本来の並び方は、出版のために私が整理したものとまったく異なっている。原稿を読み、研究し、書き写す過程で、私は詩をいくつかのグループに分け、タイトルも加えた。この作品の鑑賞の鍵となると私が考えるいくつかの主題別に分類した。それは私の批評・言語的解釈であり、作者の意図をひどくねじ曲げていないことを願うばかりである。

ヴェルネ・マッジョ　Ph. D.

ブリンマー、ペンシルヴェニア州、二〇二〇年二月四日

＊1　おそらくここでモンターレのこの詩の記憶がよみがえったのだろう。

人生は過ぎゆき
引きもどそうとする者は
原始の糸玉に入り込む。
荒っぽいやりかたでも生き残りたいなら
自分がずっと大切にしていた物を
どこに隠すことができるだろう？

＊2　65ページを参照。

# 窓辺

白くひんやりした窓辺に
鍵束を置く。
これなしでわたしは
普通の暮らしができないだろう。

ほかのたくさんの窓とともに
ロンドン(1)の静かな中庭に
面している出窓。
朝、服を着ながら
なにげなくそこにある鍵束に目を向ける。
その金属の絡まった塊を
見るともなく見守っている。

鍵たちもしばらくは
わたしのいつもの出入りや
同じ部屋の開け閉めばかりの疲れから
解放される。

# 思い出すこと

# 失くしもの

## I

マテーラの岩窟教会(2)の下で選んだ
ノオルの黒い指輪が
土曜の朝、ピムリコの市場で
指から抜け落ちる。
ノオルとロレンツァとセバスティアーノは
汚れのない歩道の上を
指輪を探しに引き返す。
買い物が詰まったカートを押し
がっかりして帰ってきて

災難をわたしたちに報告する。
悲嘆のひととき。
煮物用の野菜を入れた透明な袋の中から
指輪はアルベルトによって発見された。

ある日、ローマの家のリビングで
鉛筆と携帯充電器を入れた
わたしの金色のケースが見つかる。
調べ物をしていた図書館のガラステーブルに
置き忘れたと思っていた。
貴重なものはなにもない、
ボローニャの混み合う店で
カテリーナからプレゼントされたという
思い出を別にすれば。

いろいろな理由で行方をくらますものがある。
しばらくのあいだ忘れ去られるものがある。

同じ部屋の中を移動して
わたしたちを悩ませる。
落ち葉や風に舞う砂のように
さすらうもの。
その動きは偶然、それとも悪意から？

強烈な一例。
ノオルの十三歳の誕生祝いに
組み立てた[3]、その月のこと。
彼女の部屋の本の背に
立てかけてあったのがそこにない[4]。
プールで泳ぎながらつくったくだらない詩など
消えてしまえ。
(娘よ、おまえはダイヤよりも真珠よりも大切)

ある晩、なくなっているのに気づき
それからは娘におやすみを言うのが試練になる。

置き場だった本棚だけを見つめて
どこにあったのか幾度も自分に問いかける。
朝、娘が登校したあと
部屋じゅうひっくり返して
壁や絨毯の裏に潜りたいと思う。
手箱のような
狭くて窮屈なスペースに
指を差し込む。
引き戸のまわりは
その紙切れを飲み込んでしまったかもしれない
無数の恐ろしい場所の一つ。

まさに悲劇。
掃除に来るポーランドの女性と
アルベルトに探してほしいと頼んだのに、
娘の本に一冊残らず
目を通して振ってみたのに。

泥棒や悪魔の仕業という
仮定を除外してからは、
娘がなにも言わずに
わたしの愛情の印を破ったか
捨てたかしたのではと心配になる。
涙で車が動かせなくなり
買い物に行けなくなった
金曜日の午後を思い出す。

何日も探してからあきらめる。
ある日家に帰ると
玄関でノオルがわたしに声をかけ
彼女の背丈ほどあるアヤメの花のうしろから
ママの机の上になにがあるか見て、と言う。
夜の徘徊で
口を血まみれにした猫のように
それはもどってきた。

でもほんとうはずっとそこにあったのだ
娘の散らかった王国に
うっかり置き去りにされて。
見つけるとすぐに娘はわたしの書斎へ運び、
わたしが去年の十一月
切り抜き作業(5)に没頭していた
薄い色の木の天板に置いた。

見つかったことをどう祝おう？
安堵はない。
それどころか、すぐにわかった
ほんとうはその品を
娘にプレゼントしていなかったと。
娘もそのことを知っていた。
だからあんな大人びた振る舞いをしてみせた。
母親らしい思いやり
それはわたしにこそ必要だった。

## Ⅱ

さて、人生の最初の紛失にもどろう。
どちらのできごとも記憶の彼方
子供時代の二つの場面。

最初のできごとは汽車の中。
ムンバイからコルカタへ(6)インドを横断しながら
七月の暑さに二歳のわたしは汗をかき、
下着姿でイギリス製の人形と遊んでご機嫌だった。
初めての里帰りで幸せいっぱいな母といっしょの旅。
母によると、どこかの駅で停車したとき
ホームに立っている女の子をわたしは見つけた。
――だれ？　だれ？
そして突然、わたしは窓の横木の間から

その異国の友だちに人形を手渡した。
その子はとても喜んで手に取った。
覚えているのはそこまで。
わたしはリラ[7]のように平静で迷いはなかったのだろうか？
それとも、汽車が動きはじめたときには後悔していたのだろうか？
なにがいまもわたしをとまどわせるのだろう？
われ知らずプレゼントした人形？
それとも人形を所有することを拒否したわたし自身？

二度目のできごとも旅の途中、
一九七二年にコルカタへの旅に出たとき
ボストン空港でわたしの指から抜け落ちた
もうひとつの金の指輪。
暗い年、母が何度となく語り
記憶に埋め込まれた場面、
繰り返し聞かされて刻み込まれたエピソード。
不吉な装飾品[8]の粘り強い捜索

徒労に終わったけれど[9]、
どの国にも属さない室内で
ベンチの下やスーツケース[10]の間を
探してくれた友人たち。
五歳のわたしはどんな手をしていたのだろう？
このエピソードは
母方の祖父の突然の死の
プロローグとなり、
祖父は壁にかかった遺影となって
わたしたちを迎えてくれた。

大急ぎで四階まで駆け上がっていった母を
追いかけたのだったか覚えていない。
世間知らずの娘にふたたびもどった母は
靴を脱ごうと一瞬立ち止まった。
母を待っていたのは三人の禿頭の兄弟
すでに葬儀から十日たっていた。

四十代でまだ女ざかりの祖母は
白い服を着ていた。
無言の母の光景。
母の解釈では
空港での金の紛失が悲劇を予言していた。
彼女の心に不幸を招いた紛失。
だから、どう解釈しても
災難を招いたのはわたし
気の毒な祖父は
そのときすでに旅立っていたのだけれど。

III

ある男優の白黒写真が
両親の家の
居間で盗まれた。

日曜日にわたしは初めて
恋人を実家に連れていった。
新聞のページが散らかる
落ち着かない雰囲気のなか
日曜版の付録雑誌をめくりながら
魅力的に座っている
若者たちが憧れる美しい男の写真を
剝ぎ取ってしまおうと思った。
ところが食卓につく前に
そのページは消えていた。
ページを一枚ずつ指でこすり
なくなっていることを確かめるために(11)
どれだけの時間をかけただろう?
——いったいどこへ行ったの?——というわたしの問いに
誰も答えず、
推測さえしてくれなかった。
こんな状況での

孤独の恐ろしさがあなたにはわかるだろう。
わたしたちは昼食をとり
早々に引き上げた。
母は料理をたくさんつくりすぎていた。
わたしだけは一人で
徹底的に謎を調べるつもりだった。
そこで、天気のいい土曜の午後、
ボストンで唯一わたしの話を聞いてくれる
詩人の男友だちの勧めに従い
図書館に保管されている雑誌を見にいった。
頭がおかしくないことを自分自身に証明するために。
マイクロフィルムに残っている
男優にたどり着いたとき
なんの驚きもなく
自分は愛されていなかったと
すっきりしただけだった。
別れが決定的になったあと

四つ折りにされたそのページが郵便で届いた。
なんのメモもなく
驚くほどきちんと切り取ってある。
まるで彼がちょっとトイレに行ったとき
ポケットにメスを忍ばせていたかのように。

## IV

六月にローマのフィウミチーノ空港で
搭乗前の手荷物トレイに
置き忘れたブレスレットの
悲しい末路は前に語った。
実はめでたく解決し、
だからわたしはローマを信頼している。
混乱の中で見つかったジュエリーは
職員の手でミラノに送られ、

わたしの最初のイタリア語翻訳者で
わたしをイタリア人にしてくれた女性(12)が
大事に届けてくれて
娘を妊娠中だったわたしのウエストポーチに収まった。

ローマの書斎の引き出しに
ずっと入っている
シエナの古いコインのことは
話したくない。

ある土曜の朝、寝室から一階まで
もうひとつの書斎机と本棚を運んでもらうため
ブルックリンの家に呼んだ引っ越し業者に
プレゼントしてしまったダイヤモンドのことも。
腕に装置をつけたまま退院したばかりの
アルベルトには無理な力仕事だったから。
心臓に近い静脈に一日三回
とても面倒な点滴をする

わたしたちにとって大変な時期だった。

母のクローゼットを整理しているとき
カーディガンに巻き込まれ
ウールの触手に引き抜かれた
ルビーの婚約指輪については
触れないでおこう。

寒さにたまらず着たセーターのせいで
スーパーマーケットで落とした
丸いイヤリング（片方だけ）のことも。
澄んだグリーンの石のついたもうひとつのイヤリングは
たぶんトラステーヴェレ大通りで
眼鏡チェーンにもつれた髪を
フランチェスカが直してくれたときになくしたと思う。
それは女友達同士の仲むつまじい仕草。
ジュエリーが体から離れていく瞬間
どんなに辛いか

そのたびに思い出される。(13)
わたしは色褪せた敷石をじっと見る
きらめきが見えてくるのを待ちながら。(14)

階段を下りる。
緊張して
四、五本の包丁を手に持って。

いつ録音されたかわからない
古びた宣伝文句を
スピーカーから撒き散らしながら
家の前を通りすぎる車の後ろを
息を切らせて追いかける。

奥さま、研ぎ屋がまいりました
包丁、はさみ、爪切りばさみ、

絹ばさみ、ハムナイフ、なんでも研ぎます
ガス台の修理もいたします……

運転している男は無愛想で
耳慣れないイタリア語を話す。
澄んだ目、口髭、
皺が刻まれた色黒の顔
ベドウィン族のような風貌。

男はわたしを見る。
あの伝説的な歌声に引き寄せられ
やっとつかまえて満足げな
外国人の主婦を。

財布を家に忘れたと説明し
料金をたずねる。
彼は答えず

刃物を全部手に取って言う。
ものによる。

お金を取りに家にもどる。
そのあいだに彼は
車に備えつけた
研磨機のスイッチを入れ
耳障りな音を立てる。

五十ユーロ札を渡すが
いかさま師はお釣りをくれない。
黒く濁った液体をぽたぽた落とす
刃物を返しながらぼそぼそと
気をつけて帰れと忠告する。

喉を切られたね
わたしの家族は

だまされたねを
このようにいう。

人知れずわたしを愛してくれる人と
いっしょにいる夢を見る。
ここにいるべきではない
前に行くのは罪だ。
そのとき突然気がつく。
ベッドの前も後ろも
壁は落書きだらけだと。
炭で描かれていて
線がぼやけて太くなっている。

外股で足をひきずっている
魚屋との会話。
分厚い切り身[15]を二枚作り
パセリをおまけにくれる。
「お嬢ちゃん、ほかには？」
言い返すと口調を変える。
「十一ユーロです、奥さん」
床の水たまりと
氷に押されて無言の魚たちに囲まれて
一瞬
今まで重ねてきた年を祝う。

数日前に手術を終えて
夏の家にもどった
病み上がりの女性が
病院の窓から見ていた
木々の梢や
教会の円屋根のことを思う。
そこでは
鼠径部から挿入され
心臓まで達するチューブが
巨大なモニターに映っているのも
彼女は見ていた。

## アルベルト・デ・ラセルダに(16)

親愛なるアルベルト
きっと気にいってくれるだろう。
あなたのモノクロの
ポートレートを包んだ
無機質な砂色の
滑らかな紙を。

トラステーヴェレの額縁屋は
仕事の手を休めて
わたしを迎えてくれた。
たぶんあなたが忌み嫌う
たくさんの大型の絵のなかから

あなたを選ぶため。

額縁屋は紙のロールから一部を切り取ると
作業机の真ん中に置き、
あなたの写真に合わせた
ガラス板を保護するため
慎重に包んだ。
代金は十五ユーロ。

あなたは平たく固い簡素な
プレゼントに姿を変えた。
宛名はないが
わたしの書斎に着くことになっている。
騒々しい世界、
余分なものすべてが我慢できないあなたが。

ここでは光り輝く静寂のなか

あなたは見るだろう。
刻々と色を変え、
いつも広大なローマの空を。
縦横にぎっしり詰まった本棚の脇に
あなたを掛けた。

微笑みもせず、
くつろいだ客らしい眼差しも見せない
包み紙と同じく無機質なあなた。
抜け殻になった包み紙は汚れがなく
捨ててしまうのは心が痛む。

どうしていまになっても
曇ったガラスに指を這わせると
興奮するのだろう?
つかのまの落書きが
禁断の書のように思えるから?
美しいものを損ねる楽しみ?
湿った鏡に痕跡を残す楽しみ?
滑らかな表面のいたずら書きは
傷をつけると同時に清らかにする。
わたしの描いた
笑う顔、ゆがんだハート、
若々しい走り書き、波状の風景は

窓の外にあるものの一部。
インク無しで描かれた幻の痕跡。
わたしも子どものころから
決まりを守らなかったことの証し。

マッツィーニ通りの
くっきりと晴れわたった朝
理系高校の正門を入る生徒
門の前で待っている生徒。

市電では
すり切れたニット帽をかぶった二十代の若者が
電源の入った携帯をもって座っている。
わたしも無言の会話の仲間、
イヤフォンで話す彼の声だけを追う。
ピンボケで少し灰色がかった画像。
心配そうな妻そして娘と話している。

だれにもわからないと思い
「どうした？　どうした？」と
わたしと共通の言語[17]で聞いている。
助言だらけの長いおしゃべり
離れてはいてもありふれた夫婦の言い争い
そこには非難の言葉も。
わたしも後ろに写っているかと心配になり
背中を向ける。
市電はフォーロを過ぎ、コロッセオの横を進む。
彼がもう父親であり夫であるとは
だれも思わないだろう。
「明日仕事は休みだ」
マルモラータで降りるまえ、うれしそうに言う。
夫の周りにいる人びとや
昼前のローマのことなど知らず
散らかった部屋で洗濯物を前にして
妻はなにも言わない。

嵐の夜ベッドにいるとき
家の下を車が通ると
投じられた影が
わたしを空と隔てている
窓の桟から入ってくる。
つぎつぎに現れる四角い塊が見え、
ヘッドライトで雨と建物が混じりあう。
すばやく通りすぎる
歪んだシルエットが
投影されるとすぐに
大きくなったり細くなったりしながら
折り重なって這い上がり

上に向かって進んでいく。
洋服ダンスの上に抜けだすと
部屋の隅の
近寄りがたい地点をめざし、
そこで消える。

工事の足場のないサン・フランチェスコ・ア・リーパ通り[18]は
広々として陽の光に満たされる。
教会のファサード[19]を
一年近く包んでいた覆いは外され
デ・キリコの到着点だった
突き当たりの風景もきれいになる。

春の最初の日、
朝食抜きで朝八時に到着する。
頭はぼんやりしているけれど
前夜キアラとルーカの家の夕食が遅かったせいで
お腹は空いていてない。

検査所の受付に座った女性に
処方箋と保険証を渡す。
血球数とタンパク質分析[20]は除いてほしいと頼む。
彼女は血液検査の用紙と請求書をわたしに渡す。タメ口で。
その無作法さは侮辱と同じ、人を傷つける。

寡黙な医師は（今日は電話中）急いで準備する。
注射針、絆創膏、ラベル。
わたしの複雑な組織体の解読には
一本の試験管で十分。
待合室の出口で
七十代の心配そうな婦人に出会う。
昔ながらのヘアスタイル、目の下の隈、
いつも奥さんと呼ばれている。
受付の女性は気を遣い、血液検査の説明に
正しい代名詞を使っている。

家に帰って絆創膏をはがす。
腕のこの湿った場所の穴を守るには
ふさわしくない代物。
不自然なことに粘着力があり、 はぎ取ると
眼窩から外されたばかりの
血だらけの眼球のような脱脂綿の球。
翌日もずっと不快感が続く。

屋根裏部屋に
スーツケース置き場を作るため
かつてこの家の所有者だった婦人の
エレガントな衣類やいろいろな帽子を
下に運んだ。
洗濯してアイロンをかけたドレスは
一昔前の流行。

このアパートを初めて見たとき
衣類はまだ掛けてあった。

クリーニング店の

骸骨のようなハンガーをつかむと
衣類を繭のように覆っているビニールが
ざわざわ音を立てた。

思っていたより重かったので
人間の二つの腋のように
袖の下に手を入れて引きずった。

エレベーターを呼び
地下の倉庫を開けた。
今は凍るような暗闇の中
ぐらつく寝椅子の上に置かれている。
わたしは子宮の手術のあと
その寝椅子の上で目覚めた。
それもまたいらないものを取り除く作業。

ナポリで新聞を探しながら
暖かいのに着ている毛皮のことを
男友達に話す。
それは二十年前に亡くなった
姑の形見にもらった一着。
彼女は二月のある日
駐車場で後ろに転んで頭を打った。
病院の薄暗い部屋に
カールした髪(21)
パーティー用の派手なヘアスタイルは
似つかわしくなかった。
車で家に帰ったこと、

寡夫になったばかりの舅が運転していたこと、
「明け方に闇が溶けていくまえの貴重なとき」[22]の
平原にわたしたちがいつもいたことを
いまも覚えている。
姑の死を方々に知らせ
彼女の幽霊に会うために
実家に滞在していた同じ週に
わたしは受賞の知らせを受けた。
昔姑がタイの国王に出会ったとき
着ていたシルクのドレスを
授賞式のために選んだ。
寒かったので上に毛皮を重ねた。
ひとつの部屋以上を占める
広いクローゼットに
中身がさらされたワードローブは
女主人が気づかないうちに
顧客にかきまわされたブティックのようだった。

# 三足の靴

## I

「靴を履いた遺体が
テーヴェレ川から引き揚げられる」
黄ばんだ切り抜き(23)の見出し。
なんのために取っておいたのかと思う。
身元を、年齢さえも消し去った
卑劣な殺人を記憶するためだろうか？
身分証明書のないこの男性は
腐敗がひどく
指には指紋も残っていなかったのだから。

テニスシューズが唯一の手がかり。
わたしはこのニュースを取っておき
忘れてしまう。
何年間もあちらからこちらへ
書類とともに家から家へ
ローマからアメリカへと
さまよっている。
水に流された遺体のように。
どこに置こうか？
ノートに糊(24)で貼って、
これでよし。

## II

憧れのかわいい黄色い靴。
ほかの子たちのようになるために

ほとんど覚えてしまうほど
調べ尽くしたわたしの相棒
消費主義のバイブル
シアーズ[25]の膨大なカタログから
選んで注文した。
ところが届いてみると
苦い落胆。
注文をまちがえて、
にごった黄色が届いたのだ。
もう一足買ってもらうため
靴をだめにしようと
家の前の林に行き
池の泥水に足を入れた。
このいやな黄色を痛めつけて
二重の罪の意識に苛まれながら
池に落ちちゃったと
両親に嘘をつこうと思っていた。

それなのに、
嫌っていただけでなく
汚れてみっともなくなった靴を
そのあと毎日履いていた。
両親によると
わたしに似合っているそうだったから。

## Ⅲ

ローマのタクシーを見るたびに
金色の靴を座席に置き忘れた(26)
悔恨がこみあげる。

むっとする暑さ、わたしは疲れて取り乱し
パーティーの終わりにサンダルに履き替えていた。

運転手は奇妙な男、たくましい首をして
電話でボソボソと話していた。
トラステーヴェレに向かっているとき
わたしはただ車を降りたかった。

フォーロ・オリトリオ通りを過ぎて
車は道の真ん中で停まった。
わたしを降ろしてほっとしたようだった。

お釣りをもらったが
計算が合わない。
掛け合っても無駄
彼はごまかした。

ドアを閉め
横断歩道を飛び越え

わたしも元気を取りもどし
ゆっくりとゲットー沿いを進んでいると
バッグがひとつ足りないこと
あのローマ男を一瞬で見失ったことに
我を失った。

手の指を使った数え方で
その人の出身地
少なくとも幼年時代を
過ごした場所が
さらされる、あるいははっきりする。
わたしの三はWの形で、
親指を使うイタリア人のやり方は
自然にはできない。

# 新潮社

# 新刊案内

2023 **8** 月刊

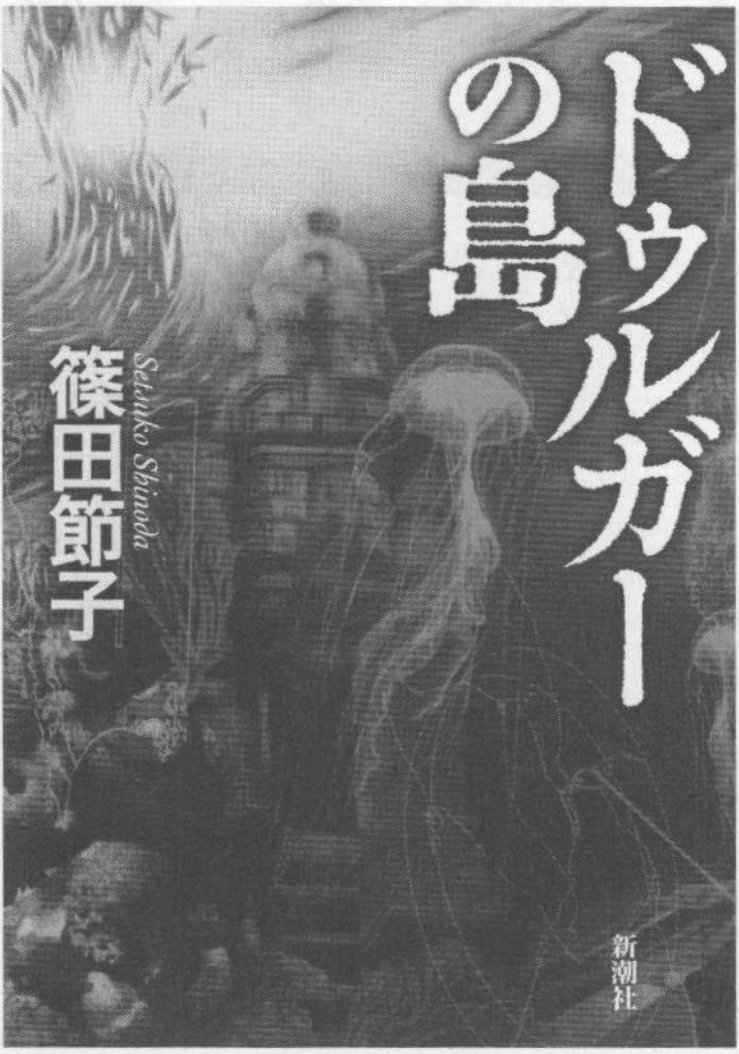

# 公《こう》孫《そん》龍《りょう》
## 巻三 白龍篇

宮城谷昌光

8月18日発売
●1980円

古代中国屈指の名将・楽毅が企図した空前の大戦略、その陰の立役者は周王朝の出自を持つこの男だった。宮城谷文学最高傑作、第三巻。

400430-0

# わたしたちに翼はいらない

寺地はるな

8月18日発売
●1815円

353192-0

2023年8月新刊

# ちょっと不運なほうが生活は楽しい

田中卓志

8月31日発売
●1595円

「どこかの優しい誰かが読んでくれたら……」。人気芸人の悲喜こもごもの日常に、思わず共感。アンガールズ田中による初エッセイ集！

355281-9

# 語義

«Aiuole» 花壇

母音を全部
集めている。

«Ambito» 区画・切望された

辞書に
続いて現れる。(27)
アクセントだけが意味を変え
空間と憧れを分けている。

«Anafora» 語頭反復

愛する人を呼ぶ。(Chiamo chi amo)
戸籍上の名前ではなく
嘘の名前で。
その関係を
わたしのものにするための
大切に守られた
秘密のコード。

«Follia» 狂気

こんなに美しいローマの姿を
見たことがない。

サラリア通り(28)から
汚れた雲を
吹き飛ばした日。

«Da noi» わたしたちのところで

ほかの星の言葉。
この二つの単語を
からだに染みこませて
一日だって暮らすことが
できるだろうか？

«Forsennato» 狂乱の（たぶん生まれた）
わたしの脳の中では反対になって

Forsemmorto（たぶん死んだ）。

«Incubo» 悪夢

危険を目前にして
だれにもなにも
言うことができないということ。
つまり出ていかない言葉、
不満でいっぱいの頭。

«Innesto» 接合(29)

選択半ばの無為。

«Invidia» 妬み

もしもバカンス先で
三日続いた曇り空のあと
海に太陽が降り注いだら、
それもわたしの出発間際に。

«Lascito» 遺贈

この時期
さまざまな文書の中で
待ち伏せしているかのように
わたしにつきまとう言葉。
疑わしさを避けるため

その意味を確認する。
遺言にもとづく寄付。
だが、説明として
これはあまりにも冷たいと思う。

«Obiettivo» 目標

全力を尽くした末に
最後に到達し
享楽からさえ立ち直ること。

受け取る、引き渡す、学ぶ、我慢する
このこと[30]すべてを考えずに
床に就くこと。

過去分詞に移ろう。

引き延ばされた平和
放っておかれた書き物机。

人生の枠組みは
「死ぬ」も含めて
取り除かれるべき不定詞の連続。

«Obrizo» 純粋な

純度の高い金のこと。
けれどもわたしには、
明日の不安を知っていた
ある化学者の
純粋な言葉を思い出させる。(31)

«Pennacchio» 房

葬式用の飾り紐[32]、
帽子や兜の凡庸な房飾り、
あるいは死者を運ぶ車。
パスコリが詠むのは
薄桃色の木々。
すべてのものの消失、
煙の形を
呼び起こす言葉。
肉眼で見える
日食につながる現象も。
電気学用語の「冷光」、
古い建築学用語の
教会の円屋根を

支える連結部分、
さらに船の風見の薄布の束、
植物学における雄花。

クリスマスの食事のあと
ダークグリーンのバッグの
ファスナーについていた
レザーの飾りが
なくなっているのに
気がついたとき
手に入れた言葉。
茹ですぎたスパゲッティのような
特徴あるディテール。
ひとりでに一方からほどけた。
わたしが気づいたとき、
文を補い、探していた語彙を
プレゼントしてくれたのは

女友だち。

«Perché 'P'iace» 好きな理由

考えたり（pensare）、話したり（parlare）、
揺れたり（pendolare）、
詩を書いたりすることさえも（persino poetare）
できる（potere）から。
まさに（propria）ペソア（Pessoa）風に。
ピエル・パオロ・パゾリーニ（Pier Paolo Pasolini）の
三つの名前を区切る（punteggia）文字。
ダンテのたどり着いた煉獄（purgatorio）と
その額に刻まれた七つのP。
ペルシアのパイリダエーザ(33)（pairidaeza persiano）に
由来する（proviene）天国（paradiso）。
あいにく（purtroppo）混乱して（perturba）泣いている（piange）。

祖国（patria）はわたしには重い（pesa）。
広場（piazza）、ポルテーゼ門（Porta Portese）、
宝石箱（portagioie）のほうが好き（preferisco）。
好きな言葉（parola preferita）。
罪（peccato）喪失（perdita）。
ものごとを劇的に変えることを意味する
転変[34]（peripezia）という言葉が
（できれば複数形で）
一五〇〇年代にイタリアに上陸した。
純粋イタリア語主義者たち（puristi）の
抗議（proteste）にもかかわらず。
ああ、それなのに（però）。

«Quadratura del cerchio» 円積問題

駱駝《らくだ》に乗るアラブ人を描いた

祖父の水彩画、
実際に砂漠を訪れることなく
コルカタで夢見た光景。

祖父の死後、ネズミの住処の
汚い屋根裏部屋で見つかった。
虫に食われ、捨てられたほかの絵といっしょに。

アメリカに運ばれ、額装されて
ほとんど訪れる人もない
居間の壁に掛けられた。

目の前を進む
自由[35]な放浪の
三頭の駱駝は
絵で見るより実物のほうが色褪せている。
現実よりも幻に近い。

«Rendersi conto» 気づく

腕の中で気を失ったばかりの
濡れたオクタヴィオの重み。

«Rimpianto» 悔恨

手つかずの[36]　　　忘れられた詩句。

«Rovistare»[37] 探しまわる

わたしの知らないうちに
待っていてくれる言葉を

くまなく探すこと。

«Sbancare» 破産させる

隣のテーブルの二人連れが
土曜のご馳走を食べ終えたとき
オーナーが発する言葉。
ラヴィオリ、トリッパ、アーティチョーク、タルト。
勘定を頼む。
二人に何を注文したか聞き、こう言う。
あんたたち、よく食ったな
一皿だけの客のために
敷いてある大きな白い紙の余白に
急いで計算した金額を書きつける。
紙が除かれ
新しくテーブルがセットされるまで

会計は余白の下に残る。

«Sbolognare» 厄介払いする

ボローニャの町そのもの、または節度を超えた、
もしくは全滅したボローニャに
関係があるようだが、
じつは偽の黄金(38)から跳んで逃げること、
いわば、抜け目のない解放。

«Scapicollarsi» 懸命になる

忙しくて
なにもうまくいかない(と言っている)
男友だちが

この言葉を贈ってくれる。

«Scartabellare» ざっと目を通す

一ページも飛ばさず読むべき
ドロレス・プラートの
六百ページ以上もある長たらしくて
恐ろしく散漫な小説で発見した言葉。

«Sgamare» 推察する

それは(39)
悲しい年月のあとで
母親が恋をしていると知った
二人の子供たちのすること。

«Sorprendente» 驚くべき
夜に見る白い雲。

«Squadernare» 明示する・ページをめくる・ばらばらにする

わたしのお気に入りの品物に
関わる動作[40]。
その前でわたしは迷う。
それは相称的な
アルファベットのS。
並置総合の魔法によって
言葉の本来の意味を
惑わしたり

姿を変えたり
誇張したり
奪ったりする。
肯定的であれ否定的であれ
まったく相容れない
遍在する二重接頭辞。
強めたり、和らげたり
加えたり、除いたり
変質させたり、悪化させたり
ついには無にしてしまう。
別離、排除を意味している！
（消え失せた、すばらしい）
ページをめくるとは、したがって
テキストに目を通すこと。
慎重に、それともいいかげんに？
綴じたページをほどいて
ばらばらにすることも。

『神曲』では
明白にする意味で使われている。
わたしの小さな世界では
自分がどんなに
イタリア語を愛しているかを
説明する意味で使う。

«Sbucare» 飛び出す

«sboccare»（流れ込む）と
区別しなければいけないが
デヴォート＝オーリによると
一方はもう一方の項目から飛び出している。
モンテヴェルデの静かな昼下がり
ごつごつした高い石垣の割れ目から

突然飛び出してわたしを驚かせた
鳩のおかげで覚えてしまった言葉。

顔と裸の腕に
ぶつかった困惑。
耳をかすめる痛み
驚きと不快感。

二十歳でべつの言語の大学生だったとき
ある文章が心を打った、
「大きな翼がまだ羽ばたいている
よろめく女の上で[41]」

哀れなレダに嫉妬を覚えるほど
なんとも官能的な詩。

大人になって経験する

ありふれた堕落には
エロスも神の王国も無関係。
そこにあるのは
彼がわたしを自分の結末に
捉えられたまま放置する前の
惨めさ、怒り、確信だけ。

«Svarione» 誤字

長く残り
わたしが何者かを
示す機会。

«Ubbia» 迷信

確かさを欠く
古くさい声。
繰り返す。
わたしの母の魂を
収めるにはふさわしくない
起源の疑わしい言葉。

# 忘却

## 《想い出》

バール・グロリオーゾの前で
下の階に住んでいる男が
有名な詩の二行を出し抜けに唱えながら
感極まっている。
故郷のこの粗野な田舎町で
日々を費やす定めなのだろう[42]。
だが「町」は「場所」に置き換えられ
だれの詩かたずねても
覚えていない、
いつか教えると言うばかり。

不安げで

新聞を丸めて握り
何かの装置も抱えている。
難儀そうに歩く夫人の
血糖値を家で測るのだろう。

二人は一緒に散歩をし
慎重に大階段を降りる。
予備の電球を買いにいく
紙とプラスティックの
破れたパッケージを手に。

ある日わたしたちは
上りのエレベーターで一緒になる。
夫人が言う。
この建物に住んで十年になると。

彼はわたしを町に連れていき

ガリバルディや鼓手の話をして
もうひとつのローマを教えたいと言う。
ノオルを見ると「お姫さま」と呼び
手を低い位置にかざして
どれだけ成長したか示してくれる。

二人のことで
鮮やかに思い出すのは
夏のテラスでの昼食。
テーブルには白ワインのグラスが二脚、
彼はチーズかハムか
何かをパンに挟んでいた。
上の階からほんの一瞬見えたのは
その迷いのない仕草。

# 世代

母がベンガル語の詩を書いていたノートは
黄色い表紙[43]で
いつもベッドの脇に置かれていた。
あるとき、着想が浮かんだが、
ノートは見つからなかった。
母は不注意を嘆き
わたしも許せない気持ちだった。
母の詩を聞くのが好きだったから。
わかる言葉はほんのわずか、
でも母の心の奥底はすべて感じていた。
わたしたちの持ち物を動かす悪魔に
母は屈したようだったが、

ある日、興奮してわたしを呼んだ。
地下の書斎でノートを見つけたのは
父だった。
探してもいなかったのに。
気味の悪い地下室は
無用となった本の行き場、
陰気でじめじめした煉獄。
あまりに乱雑であまりに古めかしく、
降りるときいつも恐ろしかった。

あるとき、身籠もっていたわたしは
探し物をしているとき
右手をガラスのかけらにぶつけて
怪我をした。
コルカタから華奢な彫像を運ぶために
つくられたケースが壊れていたが、
不精して、捨てられていなかった。

指の関節の上に
傷跡が残る。

そのコルキスで
父は英雄だった。
聖なる品を勝ち取って、
試練を乗り越えた。
それはわたしが拒絶しながら
愛する行為。

きのう母にプレゼントした寝間着、
ポルテーゼ門[44]の
暗いテントの下に吊されていて
その水色がわたしを引きつけた。
袖のあちこちが
色褪せた血のシミでもう汚れている。
母の言うには
寝ているあいだ
気づかないうちに
口か鼻の穴から流れたのだと。

人のからだはたやすくあっさりと
大陸から大陸へ移動する。
こうして五日のあいだに
一度生きただけの
年月と場所が混乱する。
鉄格子の門の固い掛け金を開けると
心の動きは止まる。
わたしはちょっとだけ庭に入り、
オクタヴィオが誕生日を迎える
その週にいつも花を咲かせる
ずいぶん大きくなった桜の木に挨拶をする。
わたしはこの木の銀色の樹皮を

しばらく愛でることもできる。
ここにはかつて
いやな臭いを放つ葉の茂りすぎた銀杏の木があった。
相続したその木はある日、
やかましいノコギリを手に高い枝に座る
勇敢な庭師によって切断された。

庭には昔
スレートの固い地面でなく
草が茂っていた。
七歳の誕生パーティーが終わり
ノオルが楽しく遊んでいるとき
地面に唇を打ちつけた。
わたしたち大人は二階のリビングで
くつろいでおしゃべりしていた。
娘が上ってきて
「痛いよう」というまでは

何も気づかずに。

それから歯医者へ急いだ。
日曜の遅い午後だったが
正統派のユダヤ人なのでいつも開いていた。
怒りと、根っこがぐらぐらする歯を失う恐れ。
白髪が増えなければいいが。
それからずっと
娘は片方の歯でリンゴをかじっていて
深い後悔に襲われる。
草を抜いたこと
あの石を敷いたこと
いろいろなものを変えすぎてしまったこと。

物語の舞台をコルカタの
プール周辺に設定しようとするが
うまくいかない。
プールは母の要望で水を抜かれ、
午後の時間だけ会員制クラブに
貸し出されている。

母はプールの内と外で催される
パーティーの最中に
客たち（とくに子どもと老人）が
転落するリスクを
冒したくなかった。

深い水は信用できないと言った。
誰かを殺す危険があると
母は思い込んでいた。
水のないプールの底の
セメントに激突したら
その衝撃が命取りになるとは
考えもしなかった。

今夜強い雨音を聞きながら
両親の家具が置いてある
細長い居間の夢を見る。
一つしかない窓の
青い鎧戸（動きの悪い一連の細長い羽板）は
いつも閉まったまま。
木々が影を落とす景色、勾配のある野原、
車がほとんど通らない道を見たくない父と
わたしとの無言で終わりのない戦いのひとつ。

だが夢に見るのは修正された空間、
見たことのない家具、

ばかげた配置。
わたしは整理をはじめる。
軽いソファーをやすやすと動かし、
母がテレビを見ながら
寝そべるとよさそうなベッドも。

模様替えに夢中になっているが
わたしには約束があり、遅れそうだ。
目覚めてやっと思い出す。
いさかいの的だったあの薄暗い居間は
ずいぶん前に空っぽにされた。
べつの家族の巣となるために。

オクタヴィオ、おまえは
もう忘れただろう。
あの日の、ルナという女の子の
誕生パーティーが終わったあとのことは。
お母さんがクラス全員を
街角の二階にあるレストランの
ランチに招待してくれた。

引っ込み思案のおまえは
あの騒ぎを見て
近寄らないようにしていた。
そのうちに

おまえは泣き出した。
たくさんの風船が飛び交うなか
仲良く夢中で遊んでいる
ほかの子どもたちから離れて。

帰り道、わたしはいらいらして
おまえを叱り、
手をつなぐことさえ拒絶した。
拒否されて混乱し、泣いている息子を
放っておいた。
母として最初の失敗。
いまも恥ずかしく思う。

動物のように人のあとに従うことを
羊のようにおとなしくなるという。
今では逆のことをするよう勧めるが
あの日は色とりどりの群れのなかに

暢気《のんき》に入っていてほしいと思ったのだ。
おまえがわたしと似すぎていたから。

入院している叔父、
遠い町で精神を病み
生きる気力もない。

昔は絵を描いていた。
ポスターや本の表紙を描きながら
鼻歌を歌っていた。

美男子、豊かな髪。(45)
夜になると芸術家たちが
立ち寄って挨拶をし、助言を求めていた。

すてきな関係、
打ち明け話、タバコ、大笑い、
生き生きとした交流。

もうひとつの大陸で
わたしの母はかわいい弟に何が起きたのか
理解できないでいる。

電話でわたしに言う。
あんたのいとこの話では
叔父さんの足は骸骨みたいなんだって

ここでもノオルの
誕生パーティーを催すため、
幼少期に引き抜かれた
小枝の命を保つため、
通ってきた長い道のり。

前と同じように
ルーチェ通りでつくられ、
計量されたケーキを受け取り
包装してもらって慎重に持ち帰る。

家には六人の少女、

二袋のポテトチップス、
床に敷かれた三枚のマットレス。
ほかの夜を追い散らし、
無関係な二つの時を
結合するための一夜。

あの日の電話での
動転した声については
なるべく話したくない。

わたしの話も聞かず叫んでいた
苦しげな彼女の声が
わたしの耳から胸まで染み込み、貫いた。

日陰のない岸壁でわたしはボートを待っていた。サルデーニャの七月で、
二時過ぎだった。

長い一週間の付き添いで疲れ果てていた姉とはもう少し話をした。

言うことを聞かないし、薬を飲むのをいやがるの。
好きにさせて、休ませてやって。

退院したばかりで、毛布をかぶってソファーに横になっている母のことを話していた。

だがその声は取り乱し、何かに取り憑かれているようでわたしは当惑した。

島で借りた家を掃除し、カリアリ近くのスーパーマーケットで適当に買った食料をわたしは片づけた。

予定では、一週間滞在してからもどるつもりだった。

夏物の衣類を希望に満ちた仕草で寝室の壁一面にかけるのはなんとも言えず楽しかった。

泳ぎたくて我慢できないノオルは、水着を着て、混んでいる時間に
プールに行った。

わたしはオクタヴィオといっしょに、くすんだ色の海藻だらけで海が
緑になっているあたりで泳いだ。

海ではカテリーナの友だちに声をかけられ、冷たい水に浮かびながら
ある話をした。

娘さんが事故のあと
歩けなくなったのだそうだ。
当惑して、なんて不運な、と言うと、
彼女は訂正した。
なんという悲劇。

咎められてわたしは水から上がった。すると携帯電話が鳴った。

からだを拭く間もなく電話に出た。いとこからだった。すぐに帰ってきて。夕方はずっとチケットの手配をしていた。日曜だったのでそこを発つのは大変だった。

夕食のあと、知らない女性の腕の中で泣いてしまったのを覚えている。

明け方に空港までボートで。出発の苦労、到着が間に合わない不安。

パスポートを取りにいってもう一つスーツケースを準備するため、やむを得ずローマに寄った。

そのとき、わたしたちの家にはやはりヴァカンスの女友だちとその家族がいた。もどってきてせっかくの休暇を台無しにしてしまって申し訳ないと謝った。

あなたを一人にするため散歩してくると彼女たちは言ったが、わたしはいっしょにいてほしいと頼んだ。

わたしが引き出しを開け閉めしているあいだ、本を読んだり絵を描いたり
していた娘は何を思っていただろう？

海の向こうの病院でわたしを待っているのは、生者というより死者に近い
汽車の下に身投げしたようなからだ。

だがもっと狼狽させられるのは
待合室に座っている父。
母の面会に同席してくれない。
あの長い道のりの果てに到着したわたしに会っても
ほとんどしゃべらず、半世紀前から定期購読している
週刊誌[46]を読みふけっている。

医師たちの話では、このような出血はたいてい死に至るらしい。

母は持ちこたえ、実家の近くのクリニックに移る。
一週間わたしは母に食べ物を運び、年金生活に入ったばかりの父は図書館に通う。
ある日父はわたしに知らせず、二台目の車をガレージに置いたまま出かける。
ひどく細長いガレージ。父にしかできない難しいハンドル操作。
五十歳のわたしは父に挑戦し、ドアも傷つけずバックミラーも曲げない。
ところが赤いペンキの缶を左のタイヤで踏みつぶしてしまう。
缶は狭い隙間に置いてあった。ペンキだまりができる。
タイヤは血の色に汚れ、アスファルトに跡を残す。

ソファーの下に母の血がしたたり落ち、まるで虐殺現場のよう。
わたしは跡を消すために全力を尽くす。犬のように、
クリュタイムネストラのように四つん這いになって。

## 《Aに(47)》

一文無しだった
あの年のクリスマス、
書こうとすると胸が痛む。

ツリーの下で
あなたは屋台で買ったわたしのプレゼントを開けた。
それは小銭を片づけるためのばかげた買い物。
そしてあなたはたずねた。
何に使うんだ、これは？
わたしはそのプレゼントを自分に重ね合わせていただけだった。
どう答えたかは覚えてない。

覚えているのは
その場に居合わせた人たちの当惑と
便器のそばにうずくまった
トイレでのわたしの姿勢。
陶器のカーブに顔を触れさせたかっただけ。

一月に白い封筒に小切手を入れて
ボストンに送ったのはあなた。
週に一度わたしを待っていてくれる
女性(48)に支払うため。
行くのは夜で、たしか八時ごろだった。
堅苦しい町の川向こう、
ブルータリズムの建物は
生まれて三年目を過ごした地区にあった。
そのころもわたしは失望していたのだろうか？

歳月が経ちローマで

ツリーの飾りつけをするために
箱を開ける。
この慣習はいまだにあの奈落を思い出させる。
あのころの思い出に胸を締めつけられることなしには
ツリーの灯りを点けることさえできない。
わたしの治療のため
ネープルズ通り[49]に
あなたが毎月送っていた封筒。

オクタヴィオから贈られたキッチン・クロス、
パスティエーレ、パンフォルテ
特産のお菓子が十二種類プリントされ、
上に《イタリアの美味》と書かれている。
前は白かったコットン生地。
手や皿を拭くのに使え、
ひどく辛かったポンペイ旅行を終えて
バスから降りてきたばかりの
十歳だった息子の顔を
思い出すのにも役に立つ
わたしたちを見たとたん
涙が目に溢れた。

息子は動揺していた。
ホテルでいじめに遭ったのだ。
その傷に一生苦しめられることだろう。
家でプレゼントしてくれた楽しいクロスは
なんの恨みもない物売りから
選んで買ったもの。
息子を守れなかった
両親のために。

かつてわたしたちの家では
すべてが止まった。
太陽の一条の光が
わたしの宝石か
指輪か時計を捉え、
揺れる星の姿を
壁に映しだすと。
部屋中をジグザグに
跳びはねれば
子どもたちもつかのまのその現象に
負けず劣らず走りまわり
歓喜の叫び声を上げた。

公現祭の日、ローマでは
「ドクトル・ジバゴ」[50]が
放映されている。
そのサウンド・トラックを
子どものころよく聞いていた。

あなたのアカイのテープ・レコーダーの
おびただしい数のテープのひとつに入っていた。
あなただけが使えた
貴重な魔法めいた品。
親戚たちの熱烈な挨拶が
録音されている

あなたに多くの苦悩と歓喜を
もたらした救命道具。

あなたはいつも大音量で
あの曲をかけた。
——狂王アハブのように——
そのたびに部屋で
火山が噴火するかのよう。
壁を揺らし、
わたしをびっくりさせるために。

映画を見る前に
サウンド・トラックを覚えていた。
映画館ではなく、いつもテレビだったけれど。
ドクトルの母親の葬儀のとき
わたしもほとんど同い年だった。
その場面が教えてくれたのは

隣に座っているあなたも
いつかは逝ってしまい、
わたしも同じように
喪失感を抱くだろうということ。

あの曲であなたは
苦しみを教えてくれた。
それはわたしの親しい言葉のひとつ。
物寂しいバラライカの音色であれ
幾度となく繰り返される
美しいオーケストラであれ
ラーラのテーマの数小節さえ聞けば
たちまち思い出す。
果てしない風景、情熱
凍りついた無人の家
亡命者の境遇
共産主義の闘い

エジプト人俳優へのあなたの心酔
あなたになぜか慰めを与え、
わたしを怖がらせた感動と涙。
昔からのわたしたちの関係
揺るぎない絆(51)。

澄みきった水の中
陸が見える
入江のようなところで
久しぶりに
泳いでいる夢を見る。
九月で人の姿はまばら。
人生が過ぎ去っていくのが
悔やまれ、
どうしてもっと足繁く
海へ来なかったのかと思う。
オクタヴィオとノオルが
背中にしがみつき、

両手で二人を支えているので
水が掻けない。
それでも水から顔を上げて
周りを見ながら
つるつるした岸に
辿りつくまで泳ぐ。
入江の向こうには大洋が覗き、
波の前を楽しそうに
走りまわる子どもたちの姿。
夢の中だけで見かけ、
訪れていたこの場所が
わかったことに感動する。
秘密の小路を歩くまえの
最後のもう一泳ぎ。
ところがこのたびは
沖合で大勢の人が
ボードの上に立ったまま

海岸を見守っているのに気づく。
その集団のせいで
光景は悲劇に変わる。
黒いウエット・スーツを
着ている人がたくさんいる。
一人が水に飛び込み、
金髪の少年のぐったりした
からだとともに浮かび上がる。
死んでいるのかわからないまま
わたしは目を覚まし、
六階から身投げした
少女のことを
朝刊で知る。

芸術家だった叔父が
三月一日に旅立つ。
その知らせが届いたとき
わたしはジムに向かっている。
走る市電の中
携帯から聞こえるのは
コルカタに住むいとこの声。
彼は言う。
最後の数日間叔父はしゃべらなくなり、
息子の嫁にしかられながら
スプーンで水を飲ませてもらっていた。
声の後ろでは家のざわめき。

死がもたらした饒舌と混乱。
母に伝えるのはわたしの役目。
彼女の朝が来るのを待ち、
電話に出るのは父。
母はまだベッドにいるが何か感づき、
家のあちこちにある電話のどれかで
密かに聞いている、昔からの悪い癖。
遺体はまだそのままだとわたしが言うと
突然割って入り、腹の底から
獣のようなうめき声を上げる。
落ち着かせるために最近見た夢を話す。
叔父と叔母といとこが
母に会いにアメリカの
ロードアイランドにやってきて、
わたしの妹がひとりで泳いでいる
海を見ながら感激して座っていた。
くっきりと澄みわたった空気、

現実には起こらなかった
幸せな光景。
わたしは晴れやかに目覚めた。
母は《独りぼっちの姉》になったと泣いている。
それは名辞矛盾[52]。

# 遍歴

どうしても知りたかった。
クレタ島で借りた家で
わたしたち四人が
午後のいちばん暑い時間を避け
二つの部屋に分かれて休んでいるあいだに
いったい誰があの梨を
あれほど丁寧に完璧に食べたのか。
サイドテーブルの上の灰皿に
細く形のいい芯だけを
残して。

同じように謎のままなのは

レジャーボートでのできごと。
夜の航行のあとで
わたしは心配になって起き上がり
子どもたちの船室を見にいった。
寝るまえに確かに扉は閉めた。
船首の下で子どもたちは眠っていたが、
扉は完全に開いていた。
物音で起こしたりしないように
扉は光るホックで留めてあったのに。
船室はとても明るく、
しわくちゃのシーツが
雪をかぶった山の頂のように
雑然と二つのからだをつないでいた。

（見たことのない）東海岸沿いを
高速の電車で通る。
景色はうしろに去っていき、
先のとがった葦、
少し濁った静かな海、
水中や浜辺の人びとから
（砂浜に停まっている数台の車からも）
わたしは遠ざかっていく。
だれもが九月の終わりの
晴れわたった暑い日曜を楽しんでいる。
自身の無限を前にした
不動のシルエットのよう。[53]

子どものころの駅にもどり
そして離れるよろこびを
ようやく味わう。
ホームまでスーツケースを引きずる父、
水たまりを避けるため
車の中から穏やかに見守る母。
わたしは車両に乗りこみ
切れ切れの風景にふたたび出会う。
雪に覆われた
木造の小さな家々、
目と鼻の先にあるのに
高嶺の花の私有の入江と岬。

やかましい小川を黒く染める
アラバスター色の空の下、
線路は大洋をかすめる。

機内で目を引いた
二人の女性、
わたしのすぐ前と後ろに座っている。
ひとりは痩せてノーメイク
細かいフリンジのついた黒いポンチョに身を包み
——見映えのいい葬式のテント——
ぼさぼさの長い髪。
もうひとりは金髪で
身なりには気を使っている。
スエードのロングブーツ
首すじに短いポニーテール。
最初の女はもの思いにふけり、何もしゃべらない。

もうひとりはずっといらだっている。
初めは離陸中トイレを使わせてもらえないから。
それから着陸直後に
降りようとした男が乱暴に立ち上がるから。
だから小声で、くそったれ。

ボルゴ・ピンティは
大昔の水の流れが刻まれているよう。
狭く曲がりくねり、
ゴールもない。
暗く内省的な小道、
本の背表紙のように
狭く固い歩道には
杉綾模様が彫られている。
横断歩道ではのっぽの男が
わたしを見ながらぐずぐずしている。
いらだってわたしに聞く。
いいか悪いか？

ペソアは言った。
死は道の曲がり角。(54)

ヴェネツィア婦人、
その侘しい店は
開いているが、
明るすぎるようだ。(55)
わたしは店に入り、レジの前で
トレイに無造作に積まれた
ガラスの小さなハートの
品定めをする。
色違いを六つ選ぶ。
五つは娘の友だちに
そしてひとつを娘のために
ようやく最後に選ぶ。

包んでくれているとき
婦人に値引きを頼もうかと考えて
思いとどまる。
親しげに話してくれたけれど。

ルッツァーティ通り八番地で
新しい主治医を選ぶ。
亡くなった前任者は
ノオルがバドミントンで遊んでいて
羽根で目を打った日に
ようやく見つかった医者だった。
たいしたことはないですよ
と言いながら、大晦日が危険なことや
ワインの栓が勢いよく飛んで
両眼を失明した人の話をしてくれた。
窓口で雇用契約があるかと聞かれる。

作家だと答えると
不審の目でわたしを見る。
それに続いて
不寛容に満ちた短いやりとり。
ＡＳＬ(56)は英語使用者の耳には
罵りの言葉にも取れる。

わたしはなにをしただろう?
まちがった停留所で降りてしまい
知らない場所で雨の中
運転手を待つあいだ
バッグから取りだす本が
一冊もなかったとしたら。

かつて車の中から
黄色い濡れ落ち葉が
夜中に攣った足のように
ぶざまに固まって
落ちている道路を見たとき、
なぜ涙があふれたのだろう?

世界一低い場所、死海で
スーパーマーケットにいる[57]
父を思う。

腐りかけて値引きされた果物のあたりで
カートを押していた父。
傷んだリンゴ、
黒い点だらけのバナナ。

ひどく当惑させられた
頑固で神経質な父のふるまい。

数年後、わたしは
高級ホテルの冷蔵庫に
トラステーヴェレから持ってきた[58]
くすんでやわらかいブドウを入れる。

このブドウも食べなければ。
だがまずは房からひとつずつ粒をはずす。
べとついた軸から解放された粒は
ちょっと食べやすくなる。

赤く果てしない
アラブの砂漠で
だれにもなにも
起きないことを祈る。
満天の星の下
（これほどの数は見たことがない）
緊急[59]事態を免れることを願う。
頭痛、腹痛、
高熱、転倒、怪我の起きないことを。
脳や腸の血栓、
悪性の細菌のないことを。
パプリカ色の砂が打ちつける

テントの中で
事故を警戒しつつ
風が収まるのを待つ。
この絶対的な静寂のなか
わたしは神を信じ、
混沌とした空に懇願する。
夜が明けるまで
体調不良の現れないことを。

昔は空港で胸が躍った。
だれのものでもない一時的な領域で
わたしもそこに属している。

だがフィウミチーノではよくいやな目に遭う。
パスポートや顔つきから
ほんの一瞬で格づけされる。

保安検査は
もの寂しいものだ。
靴を脱ぐと同時に魂も抜かれてしまう。

イタリア製の香水は清めの水。
外国人を捕まえようと
売子がうるさく吹きかける。

こうしてわたしは死者となる。
この詩の作者は存在しない。
かれらの決定により亡き者にされる。

帰国時にダンドロ通りにわたしを運ぶ
あの「タクシー？　レディー」で
円環は閉じられる。

低い放物線を描くイギリスの風景
緑の草、鮮やかな大地
暗くぐずついた空
疑問が解ける。
枝のそこかしこに最初の開花。

六歳の息子を
ノオルと同じ学校に通わせていた
一児の母が
アディスアベバを離陸して六分後の
墜落事故で亡くなった。
財布を忘れたわたしが
家にもどらなくてすむよう
リアーナが貸してくれたお金で
買い物をするまえに
広場でその悲劇を知る。
こんなことは無関係だろうが
生きる意味を強めてくれる。

同じ日わたしも旅行中で
滑走路で怖い思いをした。
風に舞い上がる背の高い雑草が
地獄へ逃げていく煙のようだった。
わたしたちはずいぶん待たされた。
ひとつ前の旅客機(60)が上昇中
一羽の鳥と衝突して、
残骸を除かなければならなかった。
わたしの座席の近くでは
モーター音で目を覚ました
虫が飛んでいた。
煩わしさを避けようと
空間の前の
楕円形の小窓に
はめ込まれたパネルを
慎重に下ろした。
週の初めに

故郷のロンドン(61)に到着したとき
気をつけるようにと母が言った。
人びとを連れ去ってしまう
ある種の風があるのだという。

ラヴェンナのホテル、
ダンテの墓からほど近い
かつては孤児院だった建物。

遺棄される雰囲気、
スーツケースを置くために
客室に入ったとたん、わたしも感じる。

平野にあるこの町に滞在中
わたしの愛する家具がブルックリンで盗まれる。

玉座のような美しい木製の品、

帽子を掛ける鉄のフックがあり
入口で迎えてくれた。

ほとんどだれも座らなかったベンチ、
子どもたちの幼いころには
色とりどりのショールや帽子が
ごちゃごちゃと置いてあった。
ダイヤモンド形にカットされた
ガラスの鏡は変な位置にあり、
覗きこむ顔を不細工に映しだした。

それがまちがって売られてしまった。
(引っ越しを早く終わらせようと
急いだ店子によって)
買い取ったのは近くに住む二人の医学生。
去年の十一月に家に寄ったとき、
家具がないのにすぐ気づいた。

新しい借家人に郵便物を渡すため
階段を上がっていって。

階段の突き当たりに存在していた
番兵がいなくなった家は
均衡を失って途方にくれているようだった。

取りもどすためにできることはすべてやった。
遠く離れたローマから
不安だらけのメッセージを何度も流した。

約束どおり医学生は家具を返してくれた。
ところが戸を開けたり
手伝ったりする人がいなかったので
学生は少し待って立ち去った。

わたしたちの哀れなジャーノは道に置き去りにされ、

通りかかった誰かに持っていかれた。
孤児院だったホテルで悲嘆に暮れるわたしに
海の向こうの母から途方に暮れた電話。
堕落した娘だとまたも感じてしまう。

病院はあなたの後ろにあった。
不道徳な恋愛話を
語りあっていた大衆食堂の
ガラス窓の向こうに。

雨の多い谷間の真ん中にそびえる
広大な灰色の建造物。
好奇心に駆られて
何なのかたずねようと
あなたに近づいた。
いっしょにそこで真夜中を
過ごすことになるとは

思いもせずに。

急に力が抜けてしまったのは
昔のことを互いに掘り返す
目眩がするような
やり取りのせいだったのか?

わたしを運ぶため
小さな部屋に
ひとが入ってきた。
ブーツ、ショール、
なにが必要だった?
ユダヤの花嫁になった気分で
抱かれて下に降りた。
白と黒の明るいバールで
担架がわたしを待っていた。
衰弱したからだを持ち上げ、

動かし、乗せるための
装置が準備されていた。

救急病棟では
十五世紀風の顔をした人が
心配そうに世話してくれた。
わたしは救急車の
ウールの毛布を
手放すのが悲しかった。

心の奥底で(62)わたしは
同じ病院に入院して亡くなった
カルヴィーノに思いを馳せていた。

わたしが苦痛に耐えているあいだ
あなたも熱があるのに
ずっとそばで世話してくれた。

ローマを離れるのは
もう怖くない。
恐ろしいほど増殖し、
執拗に大理石の板に
絡みついているつる草を
テラスから眺めながら
わたしは自分に言い聞かせる。
板はつる草を支え、
陰鬱な背景となっている。

その若枝は赤茶けた
高圧線のように伸び、

大きなネズミのよく動く
おぞましい尻尾に似ている。

枝の成長はすさまじく
安息の年だった今年の
クリスマスツリーを覆ってしまった。
(春までには干からびた)
葉はだんだん黄色味を帯び
ひどく雨が多かった
五月が終わると
枯れてしまった[63]。

六月には成長が速く強い
小枝だけが残り、
つねに方向を定めて
板の上を這っている。
この貴重な数日間に

アルベルトが剪定を勧めたりすると
（いつかは切ることになるにせよ）
怒りでからだが震え、不快な皺が脈となって
わたしの中に無闇に広がっていく。

# 考察

バリスタには言わないが、
蛇口のまわりで
指を折り曲げ
すばやく注いでくれる
滴のしたたる冷たい水の
グラスの温かさが
どれほど心地よいか。

十一月の終わりは
習慣を断ち切る破廉恥な力、
怠惰を運んでくる。

まどろむからだは
じっとしていたい。
ゆっくりして、お菓子と
紅茶を注いだばかりのカップから
くねくねと揺れながら立ち上る蒸気で
お腹をいっぱいにしたい。

昼食の時間まで点いたままの

ナイトテーブルのランプは
無気力を伝え、
執拗に無駄遣いを続ける。

エントロピーの旋風、
不安のない
聖なる休息。
すばらしい自制の喪失。

眠っているとき手を挙げたら
質問、それとも答え？
なぜするのだろう？
誰に対して？
それは小学校で学んだ動作。
よりよく理解するため、
または何かに答えるために。
いまわたしは思う。
血液が届くまで
腕を上に挙げているだけだと。
目が覚めて
鉛のような腕、

生気のない砂袋の
あの重さを
感じるのはつらい。

映画館に入る前に
つぶさなければいけない十分間。
十二月の生暖かい昼間。
その時間はもう何も残っていない
広場を横切り
激しく本能的な欲求をかき立てる
ショーウインドーの並ぶ横道に入ろう。
それはひたすら物質的な
熱情の激しい爆発。
ぜんぶほしい。
止めどないむず痒さ。

どの行も途切れ途切れで
明快だけれど儚《はかな》い。
夜明けの光を浴びて
燃える地平線のように。

恍惚とするもの。
肌と目に射しこむ
冬の太陽。

反対に嫌いなもの。
丸ごと食べるのが煩わしい
大きすぎるリンゴ。
(顔を洗ったあと)
手から手首を伝わって
折った肘の
内側まで流れる
油断ならない水のしずくも。

わたしの世話をするだけで
ほかのことはせず、
面倒をぜんぶ片づけてくれる
わたしだけの
妖精がいるなら、
必要なときに限って
逃げてしまう
ベッド脇のペンに
気を配ってほしい。

もちろんわたしもいつかは
彼女のようになるのだろう。
そのひとは雨の中
ルイジ・サンティーニ通りを
ゆっくりと苦労して歩き、
むき出しの手で
道路標識の金属柱を
摑もうとしていた。
不格好で動かない標識さえも
忙しくしているかのように
通りに向かって
斜めに突き出ていた。

今朝の川は
嵐に打たれ、
薄暗く人けのない島の
染みで汚れた
セージ色の板のよう。

闇さえもじっとしていない
早朝の四時、
世界は三つの異なる音からなっている。

主な旋律は夫の寝息。
その手は最近
小さな蜘蛛に咬まれた。

伴奏はナイトテーブルの
時計のカチカチ。
優しいビート、
人生のぎこちないメトロノーム。

バックコーラスは
シュロの木陰で目覚めたばかりの
オウムのさえずり。(64)

やっかいな仕事。
空港で加算されなかったマイルの
事後登録を申請するために
タバコ屋から送るファクス。
所定の用紙に記入してプリントし
保管していた二枚の搭乗券を
紙にテープで貼るのは面倒くさい。
航空券を無料でもらえたり
だれかにそれをプレゼントできたり
するわけではない。
それでもとにかくやってみる。

同じ日の昼食のあと
電気代払込用紙の番地を
訂正してもらうために電話する。
将来のトラブルを
避けるためにそうした方がいいと
用紙を渡すたびに守衛が忠告してくれたこと。

年末の空は真珠層。
つかのま露わになる隠れた層。
雪の中のほのかな光。

冬の朝

カステッリ・ロマーニに突然姿を現す(65)

二番目の山。舞台背景のような、はるかに
背の高い形、迫力に満ちた裾野、しなやかで雄大な
峰と頂、雪が白く覆うあちこちの谷間、実在しない整然とした奇観。

一瞬のうちに
小さな暗い積乱雲が
物憂げに肘をつき
体を傾けて休む
バッカスのような
異教の神を形づくる。
穏やかに通りすぎるため、
不穏な空を横切るために。

わたしが出発する日なので
今朝はいつもより早く
わたしたちはバールに立ち寄る。
扉は開いているが、
ほかはすべて閉まって電気も消えている。
シャッターは半開き、
ミルクは冷蔵庫に入ったまま、
大きなコーヒー・メーカーも
まだ動いていない。
十一月半ばにようやく点火した
ローマの暖房装置のように。
いつもは十一時までに

売り切れるクロワッサンは
オーブンシートが敷かれた
ガラスの棚をいっぱいにしている。
店員は早朝の薄闇のなか
わたしたちを迎えてくれ、
コーヒー・メーカーが
徐々に暖まるあいだに
いろいろ準備をしながら
水を出してくれる。
(はい、ガス入りの水、
コーヒーもすぐに)
落ち着いた口調で話し、
ひとつひとつの動作に
わずかな言葉が添えられる。
人けがなく、広大なベッドのように
居心地が悪いカウンターの真ん中に
砂糖壺を動かし、

わたしたち二人は横に並ぶ。
レジが開くのを待って
勘定を頼む。
外に出ると
季節の最初の寒さに震える。

# 注

（1）ブルックリンの家、コルカタへの旅（たぶん子供時代の）、ボストン空港（さらにはシエナ、ナポリ、ミラノ、それから何度も登場するローマ）などこの町以外の多くの場所が後で出てくる。また、ポルトガルの詩人、タイの王、トラステーヴェレの刃物研ぎ師のほか、地名の不明な場所もしばしば現れる。この作者の感情や人生に関わる場所を整理するのは難しく、監修者が見逃している場合もある。ここでは、ロンドンが、さまざまな場所で物が紛失することについて書かれた次のセクションを導いていることだけを指摘しておきたい。

（2）監修のために書き写したとき、最初は誤って教会を«chiesa»でなく«chiesta»と書いた。正統から外れた言葉の使い方をする作者の場合、ありふれた書き間違いとして«t»を機械的に削除することは難しいように思われた。サルヴァトーレ・バッターリア編纂のイタリア語大辞典に目を通し、«chiesta»のさまざまな歴史的用法の大部分は«richiesta»（要求、要望）につながっていること、また、容易には理解しにくいが、«lamento»（哀歌）（マキアヴェッリに見られる）の意味もあることを学んだ。«chiesta»の意味としてバッターリアが挙げているが、一般的ではない«piccola chiesa»（小さい教会）という使い方をネリーナは採用したのだと考えた。«rupestre»（岩窟の）の発音とのつながりを強固にしたいと望んだのかもしれない。この筆写の間違いにより、私は作者の独特な書記法にいっそう注意を払うようになり、その言葉にできるだけ忠実であるよう心がけている。

（3）«assemblato»（組み立てた）というのは、前衛的なアッサンブラージュ、つまりコラージュなどを行ったことをほのめかしているように思われる。

（4）ここでは本当の目的語である「カード」が欠けているのが興味深い。《ノオルの十三歳の誕生祝いにカードを組み立てたその月のこと》。それが部屋からなくなってしまったのだが、詩からも消えてしまったに違いない。文脈からすると丸一か月ノオルの部屋の本にカードが立てかけてあったということだ。結果として、（紙切れだけでなく）その果てしない時間が消えてしまい、次の行ではネリーナの自制もきかなくなっている。

（5）何のことかはっきりしない。紙の切り抜きか、それとも時間の切り抜き、つまり暇つぶしなのか？

（6）経歴に関する最初の手がかりが、子供のころインドを横断する旅をしたこと。この文章からは、ネリーナの母親がコルカタの町ととくに深く結びついていて、おそらくそこで育ったことが推測される。

（7）これがエレナ・フェッランテの『ナポリ四部作』からの明らかな引用だとすれば、執筆年代の特定に役立つかもしれない。だがおそらく、これまでに出てきた他の名前と同様、リラは経歴上の匿名の人物で、事実に基づくものだろう。

（8）私はここに現れる珍しい綴りの言葉«sventurato addornamento»（不吉な装飾品）がダンテの『煉獄篇』第十二歌「堅い敷石には／アルクマイオンが母親に／不吉な装飾品の」にあることを発見した。また、ローマ方言のいくつかの言葉の音を強める子音重複も連想させられる。

（9）«invano»を二つに分けた«in vano»（徒労に終わったけれど）が過剰修正なのか、作者がイタリア語の話し言葉を熟知していないための間違いなのか、確定するのは難しい。可能性が高いのは、ネリーナが言葉や慣用句の根源（書き言葉のラテン語）を考えているということだろう。彼女は決して本能的に言葉を使っているわけではない。

（10）《valigia》（スーツケース）の複数形は《valigie》だが、《valige》と書いてある。これは標準イタリア語でネリーナが躓いた珍しい、また重要な例であり、そのまま残すことにした。少し先（61ページ）には《valigie》と正しく書かれているのも興味深い。

（11）ネリーナはおそらく読者（この場合は監修者）の間違い探しの欲求を意識して、楽しんでいる。ここは《accettare》（受け入れる）に直すべきか、そのまま《accertare》（確かめる）を残すべきか決めるのは難しい。この揺れには前行の《fregare》（こする）という言葉の曖昧さも関わっている。この言葉が物質的な意味で使われているのはほとんど確実だが、「騙す」というもう一つの意味も暗示されている。この《fregare》（だます）は研ぎ師を歌った詩で「喉を切る」の意味として使われているが、イタリアではこのようには使われない。

（12）ネリーナはここで彼女の言葉をイタリア語に翻訳した無名の女性のことを語っている。だが、どの言葉を何語から訳したのだろう？　付加形容詞《prima》（最初の）が添えられていて、ネリーナの言葉を訳したのが一人だけでないことが示唆されている。また、行間から、彼女が複数の言語で仕事をしたことが読み取れる。ここで明らかなのは、ネリーナにとってイタリア語に訳されるのは自分を変えてくれる経験だったということである。《rendere》（〜にする）に「上手に翻訳する」という意味もあるのは興味深い。

（13）手稿を何度も読み返したが、《torna indietro》（〜が思い出される）と書かれている。思い出されるのはだれ（なに）？　イヤリング、なくした経験？　あるいは、前々行の「瞬間」？　それとも、次の注に記したレオパルディの詩の「ふたたびめぐり来」ない「春」だろうか？　ネリーナは《torno indietro》（わたしは思い出す）と書いた可能性があるが、字から判断することはできなかった。

（14）一見したところ、失った貴重品の脈絡のないリストになっているこの「失くしもの」のセクションは、主題の共通性だけでなく、作者の名がレオパルディの『想い出』に歌われていることを思い出させることでも強い印象を与える。この詩を締めくくる悲痛な数行で、レオパルディはネリーナそのものを失ったことを嘆いている。監修者の印象では、ネリーナも同様に、大切な持ち物の紛失を語るだけでなく、人生の意味の喪失について語っている。ここにレオパルディの関連する詩句を載せておくことが必要だと思う。

ネリーナよ、もしかしてこの土地がおまえのことを
語っているのに、わたしの耳には聞こえないのか、
もしかしてわが思いからおまえのことが消え失せたのか、
いずこにおまえは去ったのか、甘き乙女よ、
この地ではおまえのことはただ想い出に見出すのみ。
この故郷におまえの姿はもう見えぬ、
おまえと時折り言葉をかわしたあの窓辺、
しめやかに星の光に映えていたあの窓辺には
もう人影はない。いずこにいるのか、
かつてのようにおまえの声がもう聞こえないとは、
あのころはおまえの唇《くち》から遠くにいても
わたしのもとまで届いた声に
わたしは色を変えたというのに。もはや過ぎにし時のこと。
甘美な愛よ、それはおまえの日々だった。おまえは去った。
今はもうこの地を歩み、このかぐわしき丘に

住むのはほかの者たち。
あまりに早くおまえは去った、おまえの生はあたかも
夢のごとくであった。踊るがごとき足取りでおまえは去った。
おまえの額は喜びに輝いていた、そして瞳は夢想を信じる
あの青春の光にまばゆく輝いていた、だが不意に運命は
それらを消し去り、おまえは死んで横たわる。
ネリーナよ、かつての愛が今もなおわたしの心に永らえる。
たとえ時折り人々の集いや祭りに出かけることがあろうとも、
心のうちでみずからに言う、
ネリーナよ、おまえは着飾り、
人々の集いや祭りに出かけることももはやない。
ふたたび五月がめぐり来て、
恋人たちが乙女らに花の小枝を差し伸べながら歌おうと、
ネリーナよ、おまえには春は
ふたたびめぐり来ず、愛もかえらず。
澄みわたる日を、花咲く岸辺を目にするたびに、
よろこびを味わうごとに、わたしはつぶやく、
もうネリーナはよろこびを味わうことも、
野や空を見ることもない。おまえは去った、
わが永遠のためいきよ、おまえは去った、

そしてわが美しき夢と、甘き思いと、
悲しくもまたいとおしき心の動きに
連れそうは苦き想い出。

（脇功・柱本元彦訳）

（15）魚の切り身を表す言葉は《trancio》で、複数形は《tranci》が正しい。ここで使われている《trancia》の複数形《trance》は英語の「夢うつつ」と同じで、そこにパセリが添えられると超現実的な響きを帯び、前の詩の夢の世界に繫がる。

（16）アルベルト・デ・ラセルダ（一九二八―二〇〇七）は、ポルトガルの詩人で、一九五五年にロンドンで『七十七の詩』が二か国語で出版されている（英訳は東洋学者のアーサー・ウェイリー）。ラセルダは一九九〇年代にボストン大学で詩の講義を行っており、またフェルナンド・ペソアの熱烈なファンだった。

（17）「どうした？　どうした？」という会話に関して疑問が残る。ネリーナはローマの市電の現実からこの会話を抜き出したとも考えられるが、その場合、「わたしと共通の言語」はイタリア語になるだろう。そうではなく、この二十代の若者と共有する別の言語を私たちのために訳したのかもしれない。私がこの二番目の考えに傾いているのは、作者が他の乗客とは違って「無言の会話の仲間」であるという、少し前に出てくる表現による。したがって、その言語はベンガル語かペルシア語、あるいはポルトガル語になる。この帽子を被った若者がしているように、だれかに理解される心配もなく人前で話すには、英語は普及しすぎているからである。

（18）通りの名前を表すときの正しいイタリア語表記である小文字の《via》が使われているのはここだけ

で、詩集にしばしば登場する他のローマの地名には頭文字が大文字の《Via》（通り）、《Viale》（大通り）が使用されている。おそらくネリーナは英語（または他の言語）の綴字法を採用しているのだろう。言語学的な配慮から、私はこの小文字による表し方をそのままにしておく。以前レオナルド・コロンバーティの監修により「ヌオーヴィ・アルゴメンティ」誌にこの詩が掲載されたときは《Via》と大文字だったのは興味深い。

（19）ファサードが《sfacciate》と書かれているが、それは《facciate》（ファサード）と《sfacciataggine》（無遠慮）の混同と考えられる。とりわけ、早朝にローマのサン・フランチェスコ・ア・リーパ通りの教会の後ろから昇る太陽がどれほど眩しいか知る者にとって、この混同の理由を理解するのは難しくない。

（20）手稿の空白部分に入れる言葉について、監修者は少し躊躇したが、自分の血液検査を参照してこの二つの言葉を挿入した。ネリーナのノートにはこのように二つの空白があった。「　　と　　は除いて……」。

（21）ネリーナは《capelli》（髪）のつもりで《cappelli》（帽子）と書いたに違いない。一字違うだけで意味はまったく異なってしまうが、ここはそのままの綴りで残しておく。母音間の子音重複は、おそらくネリーナのローマ生活が長いことを示している。実際、この本の大部分はローマで書かれているはずである。

（22）ここでは珍しくボンテンペッリ風の記憶が記され、他と違って括弧でくくられている。76ページの《Forsennato》の詩に出てくる音声統語的重子音化とは区別しなければいけない。

（23）この切り抜きはまだノートに挟まれて保存されている。私の印象ではそれほど黄ばんではいないが、作者は文中に現れる他の黄色や金色に反響させるため、色の細部にこだわったのだろうと思う。

（24）ここでまた切り抜きが登場する。それはここまで扱ってきた紛失、失うこと、救うことへの不安に深く関わっている。もしかすると、これらの詩はすべてネリーナのノートに貼られた切り抜きではないだろうか？

(25) シアーズとはアメリカ合衆国のシアーズ・ローバック社で、かつては五百ページ以上の大きなカタログを発行し、初期はイラスト、次いで写真を通じて衣料品、家具、玩具などを含む幅広い種類の商品を提供した。クラリッセ・リスペクトルが一九七七年に亡くなる二か月前に発表した最後の小説『星の時』の孤独で内気な主人公マカベアのように、切り抜きを好んだネリーナもカタログのページを切り抜いてアルバムにしていたのだろうか。

(26) 靴は金色で、金を座席に忘れてきたということだろう。この詩は黄色い靴について書かれた前の詩、悪魔、カーディガン、意地悪な人のせいで失った宝飾品についての前のセクションの詩と繋がっている。また、«Sbolognare»（88ページ）の詩も参照。

(27) このセクションではスペルミスや間違いに見せかけた言葉遊びの割合がめざましく高くなる。ここでは«compaiono»（現れる）の意味で«compaiano»が使われているが、«comparire»（現れる）と«paio»（ペア）を組み合わせた言葉遊びになっている。«àmbito»（区画）と«ambìto»（切望された）という二つの同音異義語は辞書に順番に現れるからである。

(28) 残念ながら、ネリーナが«Solaria»と書いたのか、«Salaria»と書いたのかはっきり言えない。ヴァレリオ・マグレッリは、草稿を読んでスペルミスの可能性を指摘した。ネリーナのフロイト的スペルミスだろうか？　そもそも「ソラリア」はフィレンツェで発行された文芸誌（一九二六―三六）で、モンターレとウンガレッティ等が重要なメンバーで、サバとは相容れなかったエルメティズモの詩人たちの作品が掲載された。ローマの国道であるサラリア街道とは、ずいぶん隔たりがある。おそらくネリーナは何度も車で通ったり散歩したりしただろう。

(29) この監修の仕事の最後に、このたった一行の作品を見つけた。ノートの真ん中に、別のペンで書いてあり、ほとんど埋もれているようだったので、当初、これは詩ではなくメモだと思った。だが、このセクションに挿入するのが適当と思われる。

(30) ここでは«ciò»(このこと)が本来の文法的な役割と違った使い方を強いられている。だが、訂正するとしても、節全体をどう書き直せばいいかわからない。従って、そのままにしておくことにする。同じ音律の九音節詩行が二つと律動的な十一音節詩行というリズムのいい三行詩節となっているのだから。

(31) ここでネリーナは、混じりもののない純粋な金を表す«obrizo»という今では使われていない形容詞を、プリーモ・レーヴィ(一九一九—一九八七)から引いたとしている。「明日の不安」という言葉はレーヴィの『周期律』の「金」の章にある。

(32) ここでは«passamaneria»(飾り紐)と«maniera»(方法・様式)が言葉遊びをしているようだ。«pennacchio»という言葉の文学的、比喩的、技術的、科学的なさまざまな意味を列挙しているのは、とてもマニエリスム的であり、バロック的とさえ言える。

(33) 娘の名前を考えると、ネリーナがペルシア語を母語としている可能性もあり、バイリンガル(ペルシア語と英語?)として育ったのかもしれない。

(34) 非公式のリストに入れられた言葉のひとつ。タイトルとしてもいいかもしれない。いずれにしても、作者が言葉の意味だけでなく、その歴史についても関心を持っていることは注目に値する。このような情報は一般の辞書には載っていない。先の方で有名なデヴォート=オーリの辞書を引いているが、ここではサルヴァトーレ・バッターリア編のイタリア語大辞典も調べていると思われる。

(35) 男性名詞«cammelli»(駱駝)を形容詞の女性形«libere»が修飾している。次に«sbiadite»(色褪せた)と女性形の形容詞が繰り返されていなければ、スペルミスとして男性形の«liberi»に訂正しただろう。ここでネリーナはイタリア語の語形の問題を突いているのかもしれない。駱駝の女性形はあるのだろうか?

«cammelle [...] libere» と書くのが正しいのだろうか？　イタリア語を母語としない者の耳には、動物や品物を表す言葉の性は最もわかりにくいものの一つで、ロマンス系言語の気まぐれのように思える。少し先の「«Scartabellare» ざっと目を通す」の詩にも、«una pagina»（一ページ）という言葉に関して同じような間違いがあり、女性形の «una» ではなく男性形の «uno» が使われている。だが、おそらくそれは語尾が女性形に変化した «una» と不変化の数である «uno» との言葉遊びだろう。

（36）ここでは «intatto»（手つかずの）の次に «fugace»（つかのまの）と書かれているように見える。迷うところではあるが、«fugace» 以外は «Verso»（詩句）、«intatto»、«scordato»（忘れられた）と韻を踏んでいるので、この形を採った。だが、別の形も提示しておく必要があるだろう。

（37）紛失という主題をたどる作品の鍵となる言葉。

（38）ここでは、金の情緒的な価値がさらに複雑化している。金は作品中で何度もなくなり、執拗に探し求められている。

（39）«cioè» は本来「つまり」を表すが、ここでは «ciò è»（それは～である）の意味で使われているのだと思う。ネリーナは若者がよく使うローマ特有の間投詞 «cioè» を使って言葉遊びをしている。

（40）監修者が最終的に決めたこの詩のタイトルは、ここから生まれている。

（41）つねに古典の伝統に目を向けているネリーナは、ここではイェーツをイタリア語に翻訳して引用している。彼女が英文学を英語圏で学んだのか、イタリアや別の国で学んだのか、それともイェーツをべつの言葉で勉強したのか、ここから推察するのは難しい。次の二行詩句の統語が不明確なこと（«che» がさまざまな意味に取れる）、また接続法が使われていないこと（どうしても必要ではないが）により、謎は謎のまま残る。

（42）ここでもネリーナは自分の仮名の由来となったと思われるレオパルディを引用している。この本の中でもっとも遊びの要素が少なく、もっとも内省的なこのセクションは、この詩句のテーマとなっている記憶違いから始まっている。紛失した品物への不安、言葉遣いの厄介な罠などが再び語られるが、それはローマの市場、北国の（おそらくアメリカの）中庭、インド、ボストン、ポンペイの一隅など、さまざまな場所で起きる躓きや事故を歌った家族の叙情的なサガとなっている。イェーツとオウィディウスのレダは、精密な時空世界のない西洋文学を源泉として、アルゴナウテスとパゾリーニのコルキス、アイスキュロスとサヴィニオのクリュタイムネストラと響き合っている。

（43）この品物の色は、66ページの黄色い靴とともに、本文中のさまざまな金の品物を思い出させる。

（44）作者は、イタリア人でない母親のための品を、この詩集に何度も出てくる場所が集まる地区の、古代ローマに由来する名の市場で見つけたことに当惑している。監修者として私が本のタイトルを選ばなければならないとしたら、まさに『ポルテーゼ門』を選んだだろう、ということを指摘しておく。使い古され、失われ、そして見つかった品々の集まる場所である市場は、ここに掲載された詩の極めて説得的なメタファーである。それに、家の部屋と町の区域とを結ぶ建築要素に繫がる名前であり、最適と思われる。ポルテーゼ門はこの出版物の基礎となっているノートを見つけた家からほど近く、ノートを引き出したすばらしい書き物机がそこの露店から運ばれた可能性も排除しない。

（45）ここも«cappelli»（帽子）となっているが、ネリーナはほぼ確実に«capelli»のつもりで書いたはずである。だが、この小さな揺れはここでもそのまま残しておくべきだと思う。遠くに住んでいるこの偉丈夫の叔父が大きな帽子をかぶっていたのもあり得ないことではない。特筆すべきは、この叔父のありのままのデータに関して作者が私たちに与えてくれるのは、骸骨のような足のこと、頭髪あるいは帽子のことという最小限のデータのみということである。

（46）男性名詞であるべき«settimanale»（週刊誌）が女性名詞として扱われているが、訂正しないでおく。

作者はおそらく女性名詞の«rivista»（雑誌）の意味で使っていて、男性名詞の«giornale»（日刊紙）、«periodico»（定期刊行物）ではないからである。

(47) ここではある親族のことをイニシアルで語っているが、それはネリーナの父親だと思われる。夫のアルベルト、詩人のアルベルト・デ・ラセルダに続く、同じ頭文字を持つ三人目の男性である。

(48) この女性は教師か、ある種のオフィスワーカーだろうか。むしろ、毎週面会を予約していたセラピストか精神科医と思われる。

(49) ネリーナの偶然の一致への関心を考えると、この住所がイタリア風なのは注目に値する。私はボストンに住んだことがあるが、この名前の通りはブルックライン地区に実在する。地区の名前そのものが、作者が生活したことのあるらしいブルックリンによく似ているのは興味深い。

(50) この詩が示すデータから、机で見つかった写真を見たときの私の印象よりもネリーナは若い（らしい）と言えるだろう。実際、「ドクトル・ジバゴ」のサウンド・トラックの記憶から、彼女は一九六〇年代に子供だったことがわかる。すぐ後に言及されるアカイのオープン・リール式テープ・レコーダーがこの仮定を立証してくれる。その他の部分には年代を示す記述はない。

(51) ここにはナタリア・ギンズブルグの『ある家族の会話』からの引用が織り込まれている。

(52) 作者は«contraddizione in termini»（名辞矛盾）というイタリア語の特徴的な慣用句にこじつけ、死によって初めて現れる最後の矛盾について語っている。そのために、«termini»という複数形を«termine»という単数形に変え、この詩で起きたことを言語でも起こしている。姉と弟の複数から《独りぼっちの姉》の単数に変わるのである。従って、ここでは文法が悲惨さを伝えている。そして、無理強いされた言葉によってこのセクションは終わる。次のセクションでは、作者の謎に包まれた人生の地理的な高揚感が他のどのセクションよりも強く表現されている。その旅の実体はここまでにもいくつかの詩に現れていて、遠く離れた多くの場所の名前についてもすでに触れられている。例外なのは砂漠地方で、このセクションに突然登場する。

(53) ここにも明らかにレオパルディの影響が見られる。

(54) ルイジ・パナレーゼ訳のペソアの詩を引用する。「死は道の曲がり角/死ぬとは姿が見えなくなるだけのこと/耳を澄ませばおまえの足音が聞こえる/私が存在するように存在している」

(55) «illuminato»(明るい)という男性形が正しいとすると、この四行の文法的に正しい解釈は、店は照明が明るく、婦人はダンテの有名なソネットのベアトリーチェのように「なんと優しく……」と思える(つまり見える)ということだろう。

(56) 作者がどんな英語の罵りの言葉を指しているのかここで明らかにする必要はないだろう。だが、その言葉はイギリスではARSLと略されるようなので、おそらくASLはアメリカでの使い方だと指摘しておくのは無駄ではないと思う。いずれにせよ、作者の母語が英語かどうかはまだ断定できないが、イタリアを遍歴する間も「英語使用者の耳」を持ちつづけたのは確かである。(訳者注:ASLは地域保健所の略)

(57) ノートでは「スーパーマーケットにいるババを思う」という部分が消されている。「ババ」は西ベンガル地方で子どもが情愛をこめて父親を呼ぶ言い方である。最終稿でネリーナはこの子どもっぽい語法をやめ、一般的な用語を使っている。

(58) ブドウがネリーナに品詞の性と数でまたいたずらをする機会を与えている。ここでは女性形単数の«uva»(ブドウ)に形容詞を合わせるのではなく、性は変えず、英語などのように、形容詞を複数形にしている。ところが、次の節では、ブドウが男性名詞«chicco»(粒)の集合chicchiを表す提喩であると理解していることが示される。(消えた、食べた、潰れた)果物はいくつかの詩に登場し、この詩集でかなり重要な役割を果たしているのは興味深い。というわけで、「トラステーヴェレから持ってきた」というのは、ネリーナが生活の糧を得ているこの地区の重要性を二重の意味で表していると言えるだろう。

(59) イタリア語では「頭痛」を«mal di testa»と書くが、ここでは«è»を省略しないで«male di testa»となっている。また、「頭痛……のない」の«niente male di testa ...»にはイタリア語の慣用句«niente male»(そんなに悪くない)が含まれていると見なされる。一方、ここには「苦しみ」や「不幸」を意味するMaleとの明らかな関連がある。それは小さな不安の中に現れるが、決して小さくはない。

(60) «aeroplano»(飛行機)の省略形が«aero»ではなく«aereo»であること(または反対に飛行機が«aeroplano»であって«aereoplano»ではない)に、私はいつも驚かされてきた。ネリーナ(それにイタリア語を母語として話す多くの人たち)は、«aerare»(風を通す)という動詞の一人称単数形«aero»と飛行機を区別するこの奇妙な規則を忘れているのだろうかと思う。綴りを誤記として訂正しなかったのは、ただこの注を加えたかったからである。詩の少し先に«pannello»(パネル)が«panello»と書かれているが、この間違いも興味深い。«panello»は「小さいパン」を表すのはもちろんだが、肥料や動力用燃料として使われる脂肪種子を搾った残り滓の意味もある。

(61) ロンドンで生まれたのはネリーナなのか、それとも母親なのか、どちらとも決められない。作者が長く暮らしたことが明らかなブルックリンの家のことが次の詩に書かれていて、困惑はさらに増す。彼女はアメリカ生活の大部分をボストンで過ごしたのではなかっただろうか?

(62) «latebre»(奥まった場所)という古くもったいぶった言葉が使われているのは意外である。最初にノートを見たときは«la febbre»(情熱)と読むように思われたが、筆跡を綿密に分析したところ、タッソやレオパルディが使用した«latebre»に違いないことがわかった。レオパルディはこの言葉をエコーが隠れた洞窟の描写に使っている。「奥まった場所」は物質的な隠れ場を指すだけでなく、心の奥、記憶の奥底という意味も持っている。この詩は、カルヴィーノの亡くなったシエナの病院が舞台であり、友人同士であっても、思い出したり打ち明け話をしたりすることの危険が暗示されているのかもしれない。
(63) «avvizziate» はネリーナのつくった混成語で、«avvizzite»(枯れた)と«viziate»(台無しになった)が混ざっている。«avvizziate» は動詞 «avvizzire»(枯れる)の接続法現在・二人称複数形(葉に向かって言っているということか)ではあるが、文脈からそれはあり得ない。詩集のもっとも悲劇的で不安に満ちたセクションはこの詩で終わり、偶発的で魅力的なテンポのいい詩が続く。そのいくつかはカプローニの愛したバールの湯気に包まれている。
(64) オウムの鳴き声を表す動詞として«cinguettare»(さえずる)が使われているが、トレッカーニの辞書の挿絵入り解説ページによれば、オウムの鳴き声は«garrire»か«squittire»で、«cinguettare»は使われないようである。ネリーナがこのような微妙な使い分けを知っていたかどうかはわからないが(まるでジャングルにいるかのように、ローマのあちこちに現れるオウムが意外なのに加えて)、『ダロウェイ夫人』のセプティマスに向かって鳴くカラスやブルキエッロのソネット十八番のギリシア語で鳴くカササギのことを彼女が頭に浮かべていたかもしれないと考えると楽しくなる。
(65) この詩がノートに書かれていたのと同じ配置を保つことにする。ネリーナはアポリネールのカリグラムを知っていたのだろうか。それとも、詩の主題にレイアウトを合わせるという珍しい試みは単なる戯れなのだろうか。いくつか前の詩で作者がナンニ・バレストリーニの有名な作品『Vogliamo tutto(我々はすべてを望む)』を単数にして«Voglio tutto»(ぜんぶほしい)と引用しているらしいことも考慮する必要がある。この政治的モットーをその文脈で皮肉をこめて再利用していることから、六三年グループの図像=テキストの実験を知っていることがうかがわれ、この詩もそれに由来するのかもしれない。

# 訳者あとがき

ジュンパ・ラヒリがイタリア語で書いた一作目『べつの言葉で（原題は *In altre parole*）』（二〇一五年）はエッセイ、二作目『わたしのいるところ（原題は *Dove mi trovo*）』（二〇一八年）は小説だった。そして二〇二一年に発表された三作目の『思い出すこと』は初めての詩集である。といってもラヒリのこと、もちろん普通の詩集ではない。

イタリア滞在中暮らしているローマのアパートで、ラヒリは書斎机の引き出しに前の住人が残していったノートを見つける。そこに手書きされていた数十篇の詩が一冊の詩集として出版されたのがこの作品で、表紙に記された名前から、詩の作者は「ネリーナ」と呼ばれることになった。原題の『*Il quaderno di Nerina*（ネリーナのノート）』はそこに由来する。つまり、ラヒリは詩の作者ではなく、詩の書かれたノートの発見者にすぎない、という設定なのである。

「発見された手稿」というのは、昔から多くの作家たちによって使われてきた手法で、叙事詩や歴史小説に真実味を与えるために用いられてきた。有名な作品として、アリオストの『狂えるオルランド』、セルバンテスの『ドン・キホーテ』、ウォルター・スコットの『アイヴァンホー』、マンゾーニの『いいなづけ』、ホーソーンの『緋文字』、最近ではウンベルト・エーコの『薔薇の名前』が挙げられる。

『思い出すこと』はこれらの作品と違い、その「発見された手稿」に残されていたのは叙事詩ではなく、日常生活のできごと、家族や旅や暮らした場所など、個人的な思い出が大部分を占める未発表の詩だった。詩を何度も読んで興味を持ったラヒリは、ペンシルヴェニアのブリンマー大学でイタリアの詩を研究している親しい知人であるヴェルネ・マッジョ博士にノートを託し、監修を依頼した。

詩を丁寧に読んで研究した博士は、ランダムに記された九十篇の無題の詩をテーマ別にいくつかのグループに分けて整理し、タイトルを与えた。また、巻末にはスペルの間違い、レオパルディやイェーツやペソアとの関連、「ネリーナ」の素性の推測などに関わる詳細な注を加えている。最初に書いたように、『思い出すこと』はただの詩集ではなく、ラヒリ自身の序文、「ネリーナ」の詩、マッジョ博士の評論と注釈の三つで構成された文学作品なのである。もちろんマッジョ博士も「ネリーナ」と同じくラヒリが創りだした人物で、この作品で彼女は一人三役を演じている。

ノートに書かれた詩はイタリア語だが、「ネリーナ」はイタリア語が母語ではない。マッジョ博士は「詩にはイタリア語しか話さない人には想像できない語彙の誤りが随所に見られる」とコメントしている（ラヒリの自嘲的コメント）。ほかに英語ともう一つの外国語（ベンガル語？）が話せるらしい。ローマに暮らして詩を書いたのは確かで、ロンドン、アメリカのボストンに滞在していたこともあり、祖父母が住んでいるインドのコルカタに何度も出かけている。既婚者で夫の名前はアルベルト、二人の間にはオクタヴィオという息子とノオルという娘がいる。

詩から読み取れるこのような「ネリーナ」の素性はラヒリ自身のものとよく似ている。ラヒリはロンドンで生まれ、家族とともにアメリカに移住している。親族のいるコルカタへ行ったこともある。作家として大成功を収めた後、ローマに暮らし、イタリア語で執筆を始めたことは周知のとおりである。既婚者で息子と娘がいることは『べつの言葉で』にも書いてあるが、ウィキペディアによれば、夫の名前はアルベルト、二人の子どもの名はオクタヴィオとノオルだという。このように、家族構成はまったく同じだが、それだけでなく、多くの詩のなかにラヒリ自身との類似点が見られることから、この『思い出すこと』にはラヒリの自伝的な要素がかなり含まれていると思われる。あるインタビューでラヒリは「いくつかの詩はローマに移ってからの経験だけでなく、子ども時代や遠い過去に根ざしています」と語っている。

詩集の「語義」というセクションにはイタリア語の単語をタイトルとする二十八篇の詩が集められている。«Obrizo»、«Squadernare»など、今ではあまり用いられなくなった単語をタイトルとする詩もあれば、«Pennacchio»のように単語のもついろいろな意味に興味を覚えたものもあり、«Perché 'P'iace»、«Aiuole»、«Ambito»、«Sbolognare»など、言葉遊びを楽しんでいるような詩もある。ここにはラヒリのイタリア語への深い関心と愛が詰まっている。

ラヒリが初めてイタリア語で書いた作品であるエッセイ集『べつの言葉で』には、彼女がイタリア語を習得する様子が書かれている。一九九四年に旅行で行ったフィレンツェで耳にしたイタリア語が「外国語だとわかっているのに、そんなふうには思えない。おかしいと思われるかもしれないが、親しく感じられ」たラヒリは、イタリア語の勉強を始める。そして二十年後にローマに移住してからの、イタリア語にどっぷりと浸かる生活のことをこう書いている。

「毎日わたしは籠を持って森へ行く。木の上、茂みの中、地面(実際は道路上、会話の最中、読書中)など、周りのいたるところで言葉が見つかる。それをできるだけたくさん拾い集める。だがそれでも足りない。わたしの食欲は飽くことを知らない」

「何だかよくわからないものも、簡単にわかるけれどもっとよく知りたいものも拾い集める。英語に同義語のない美しい単語も集める。いろいろな状況を描写するため、大量の形容詞も集める。絶対に役に立たない無数の名詞と副詞も集める」

「それでも、たくさんの単語を手帳に寄せ集めるだけでは十分とはいえないし、満足もできない。わたしはそれを使いたい。必要なときに利用したい。集めた単語とつながりを持ちたい。単語がわたしの一部になってほしいと思う」

「語義」のセクションに集められた詩に出てくるのは、ラヒリが何年もかかって拾い集め、手帳に寄せ集めておいた無数の単語のなかで、とくに詩的なインスピレーションを与えられた単語なのだろう。

ラヒリは二〇一七年にドメニコ・スタルノーネの*Lacci*（日本語訳『靴ひも』）を英語に訳しているが、その後もスタルノーネの作品を二作訳している。それだけでなく、イタリア語による自作『わたしのいるところ』を自ら英訳し、これは二〇二一年に*Whereabouts*というタイトルでアメリカで出版された。その経験について、ラヒリはインタビューでこう語っている。

「大いに啓発されました。自分の本が変わる過程を体験したのですから。それから、翻訳することでもう一度イタリア語の文章に立ち返ることができました。ある言語からべつの言語に移るたび、言語的な新たな変化と新たな認識が生まれるのです」

二〇二二年には英語のエッセイ集、*Translating Myself and Others*が出版されているが、タイトルからもこの経験に関係があることがわかる。同じ二〇二二年にはイタリア語の短篇集*Racconti Romani*も出版されている（前者は小川高義さんの翻訳で、後者は中嶋訳で、ともに新潮クレスト・ブックスから刊行の予定）。

また、オウィディウスの『変身物語』のラテン語から英語への翻訳にも取りかかっているという。ラヒリは以前お気に入りの本はどれか、という質問に『変身物語』と答えたことがある、とやはり『べつの言葉で』で書いている。

「威厳のあるテクストで、すべてに関わり、すべてを映し出す韻文だと思う。二十五年前にラテン語で初めて読んだ。わたしは合衆国の大学生だった。それは忘れられない出会いで、たぶん人生でいちばん満足した読書だった」

この作品の翻訳が決まったとき、わたしはべつの作品と悪戦苦闘の真っ最中だったので、それが仕上がるまで、妻の中嶋しのぶが下訳をしてくれた。おかげで、少し遅くなってはしまったが、何とか形にすることができた。この場を借りて感謝したいと思う。

中嶋浩郎

二〇二三年七月

IL QUADERNO DI NERINA

Jhumpa Lahiri

---

# 思《おも》い出《だ》すこと


著 者

ジュンパ・ラヒリ

訳 者

中嶋浩郎

発 行

2023 年 8 月 25 日

発行者　佐藤隆信

発行所　株式会社新潮社

〒162-8711 東京都新宿区矢来町 71

電話 編集部 03-3266-5411

読者係 03-3266-5111

https://www.shinchosha.co.jp

印刷所

株式会社精興社

製本所

大口製本印刷株式会社

乱丁・落丁本は、ご面倒ですが小社読者係宛お送り下さい。

送料小社負担にてお取替えいたします。

価格はカバーに表示してあります。





ISBN978-4-10-590190-5 C0397

CREST BOOKS

Shinchosha

# わたしのいるところ

Dove mi trovo
Jhumpa Lahiri

ジュンパ・ラヒリ
中嶋浩郎訳

通りで、本屋で、バールで、仕事場で……。
ローマと思しき町に暮らす独身女性の
なじみの場所にちりばめられた孤独、彼女の
旅立ちの物語。ラヒリのイタリア語初長篇。

CREST BOOKS